U0109391

古典詩歌研究彙刊

第三二輯

龔鵬程 主編

第 2 冊

謝靈運山水詩研究（下）

黃素卿 著

國家圖書館出版品預行編目資料

謝靈運山水詩研究（下）／黃素卿 著 -- 初版 -- 新北市：花
木蘭文化事業有限公司，2022〔民 111〕

目 4+158 面；17×24 公分

（古典詩歌研究彙刊 第三二輯；第 2 冊）

ISBN 978-986-518-909-9（精裝）

1.CST：（南北朝）謝靈運 2.CST：山水詩 3.CST：詩評

820.91　　　　　　　　　　　　　　　　111009761

ISBN-978-986-518-909-9

9 789865 189099

古典詩歌研究彙刊
第三二輯　第 二 冊　　　　ISBN：978-986-518-909-9

謝靈運山水詩研究（下）

作　　　者　黃素卿
主　　　編　龔鵬程
總 編 輯　杜潔祥
副總編輯　楊嘉樂
編輯主任　許郁翎
編　　　輯　張雅淋、潘玟靜、劉子瑄　美術編輯　陳逸婷
出　　　版　花木蘭文化事業有限公司
發 行 人　高小娟
聯絡地址　235 新北市中和區中安街七二號十三樓
　　　　　　電話：02-2923-1455／傳真：02-2923-1452
網　　　址　http://www.huamulan.tw 信箱 service@huamulans.com
印　　　刷　普羅文化出版廣告事業
初　　　版　2022 年 9 月
定　　　價　第三二輯共 11 冊（精裝）新台幣 22,000 元　版權所有‧請勿翻印

謝靈運山水詩研究（下）

黃素卿　著

目

次

第五章　謝靈運山水詩的精神境界
——幽情自適，感物得理

　　白居易〈讀謝靈運詩〉云：「豈惟玩景物，亦欲攄心素。往往即事中，未能忘興諭。因知康樂作，不獨在章句」，康樂山水詩的深意應在「章句」之外，明代胡應麟謂：「靈運以韻勝者也，『清暉能娛人，遊子憺忘歸』，至矣。」〔註1〕客體能使人愉悅，主體能得著安適而忘返，這是謝詩情韻的至極。王船山評謝靈運〈田南樹園激流植援〉詩曰：「亦理，亦情，亦趣，透迤而下。」謝詩於情、理之外，尚能達「趣」。無論安適或達「趣」，都是精神層面的效應，因此說在「章句」之外。如王船山所稱，謝靈運詩能盡其「思理」，將詩的創作導引向「開通美好」的境界，這是謝靈運山水詩所能彰顯的精神，也是自然景物作為晉宋詩歌新題材的價值。

　　蔡瑜〈重探謝靈運山水詩——理感與美感〉一文，以「理感」為「玄思式」，「美感」為「賞媚式」，認為謝靈運山水詩將「理感」推向「美感」，體現了中國詩歌從玄言過渡到山水的轉折，且為六朝美學的發展提供最具體的見證。從其詩中常用「賞心」一詞，認為「賞」是其由「理」轉化其「情」而「美」的中介：

〔註1〕〔明〕胡應麟：《詩藪・外編・六朝》（臺北：廣文書局，1973），卷二，頁143。

「賞」始終是開顯山水之理，轉化其情的根源。沒有「賞」
的活動，「理」便無處安放。〔註2〕

觀謝靈運〈石門新營所住四面高山，迴溪石瀨，脩竹茂林〉詩云：「理
來情無存」，「情」轉化為「理」，又，〈從斤竹澗越嶺溪行〉云：「情用
賞為美」，「情」透過「賞」轉化為「美」，因此，由「情」到「美」，是
因「賞」而得「理」。「賞」如何而能得「理」？《說文解字》云：「賜
有功也。從貝尚聲。」段注：「鍇曰：賞之言尚也，尚其功也。」〔註3〕
「賞」，「尚其功也」，看見對象的價值，謝靈運於自然山水，不僅感物、
興情，且看見其價值。這是自然山水所帶來的開通美好境界，因為「理
感」而開通，因為「美感」而美好。如果不是看見其價值而達這樣的境
界，「理」也就不存在，因此〈於南山往北山經湖中瞻眺〉云：「賞廢理
誰通」。蔡瑜分析此詩〈石室山〉詩說：

……而「靈域久韜隱，如與心賞交」，則更揭示出對山水抉
微挹秀的同時，也是個體契入山水之理，進入與山水神會感
通之境，與山水的「合歡不容言」，便蘊藏了「美感」對於
主體深刻的轉化。〔註4〕

因此，在探討謝靈運山水詩「思理」轉化過程中，真情的生發與章法密
切關係後，其心賞之「理」所達的境界，有必要另外提出專章論述，因
此形成「謝靈運山水詩的精神境界」一章。

清代王國維《人間詞話》開卷首句：「詞以境界為最上。有境界則
自成高格，自有名句。五代北宋之詞所以獨絕者在此。」〔註5〕「境界」
使詞「自成高格」，使詞「獨絕」，且往往形成名句，有「境界」非但是

〔註2〕 蔡瑜：〈重探謝靈運山水詩──理感與美感〉，(《臺大中文學報》第三
十七期，頁89～128，2012.6)，頁118。
〔註3〕 《說文解字注》，頁283。
〔註4〕 蔡瑜：〈重探謝靈運山水詩──理感與美感〉，(《臺大中文學報》第三
十七期，頁89～128，2012.6)，頁117。
〔註5〕 〔清〕王國維著、徐調孚校注：《人間詞話》(北京：中華書局，2011.12)，
頁1。

文學成就，甚且能達高度精神層次。「境」，經典通用為「竟」，《說文解字》「竟」：「樂曲盡為竟。」段注：「曲之所止者，引伸之凡事之所止、土地之所止皆曰竟。《毛傳》曰：『疆、竟也，俗別製境字，非。』」又「界」：「境也。」〔註6〕「境界」是邊境、範圍，此意涵本與主體感覺無涉。「境界」成為文學批評術語實近佛典之意，是主體心靈對客觀景物的觀照，王國維所說：「能寫真景物真感情者，謂之有境界。」〔註7〕不過，此處要將「境界」拉回其語源的「邊境、範圍」意，「精神境界」指詩中精神表現能達的止境、範圍，是情真回饋於主體的精神止境與高度，也就是王國維之前諸多詩話、詞話使用「境界」一詞的意涵，指作品所表現的主體心靈修養造詣。〔註8〕

　　呂正惠教授探討「物色論與緣情說」，一開頭便說：「中國的文學理論，從一開始就重視主體（人）的內在感受的表現。」〔註9〕主體面對宇宙自然，其內在能感受到怎樣的深度、廣度、高度，是有個殊性的，端看其與客觀環境「鼻息相通」的自然感應為何；而在個殊性中，無法擺落的是「世情」、「時序」的普遍共性。陳恬儀探討魏晉士族與文人心態，從學者普遍認為西晉士風、文風傾向靡弱，缺乏崇高及理想，見到這個時代昂揚的一面，但也只是「短暫榮景」。〔註10〕東晉在偏安江南的山光水色中，士族如何突破政治困境，尋求精神的高度？謝靈運於〈行田登海口盤嶼山〉詩中謂：「遊遠心能通」，〔註11〕山水詩的創作雖因「壯志鬱不用，須有所泄處」，卻不能忽略其所達到的效果：「泄」。「泄」，快速、大量、集中地排水，引申作愁苦至極的情緒得以宣洩，《詩・大雅・民勞》云：「惠此中國，俾民憂泄。」依《毛詩序》，

〔註6〕　《說文解字注》，以上分別見頁103、703。
〔註7〕　顏崑陽：《六朝文學觀念叢論》，「附錄」，頁332～333。
〔註8〕　顏崑陽：《六朝文學觀念叢論》，「附錄」，頁335。
〔註9〕　呂正惠：《抒情傳統與政治現實》，頁3。
〔註10〕　陳恬儀：《世變中的魏晉士族與文人心態研究》（臺北：文史哲出版社，2016.4），頁26。
〔註11〕　〈行田登海口盤嶼山〉，顧紹柏：《謝靈運集校注》，頁130。

以為是召穆公極盡愛護周厲王統治下的百姓，使其勞苦愁情得以宣洩。
〔註12〕謝靈運的愁苦「泄為山水詩」，其結果是：「逸韻諧奇趣」。「逸」
的溢出格套、逍遙自由，「奇」的超越尋常、脫俗特出，「韻」與「趣」
的圓潤輕快情致，詩境將人帶入拋卻愁苦世俗的情境，轉化精神層次。
前已述及，謝靈運山水詩以《莊子》為其形上自處處世哲學，蕭振邦教
授以為莊子深層自然主義思想達到的是「遊」的境界，這便是謝靈運山
水詩的「逸韻」、「奇趣」。明代胡應麟以「清暉能娛人，遊子憺忘歸」
為詩「韻」的至極表現，指的當是詩歌以外，主體對山水景物的心靈觸
動與精神的提升。王船山評謝靈運〈田南樹園激流植援〉詩曰：「亦理，
亦情，亦趣，逶迤而下。」〔註13〕「理」是說理，「情」是抒情，至於
「趣」，則指情意、趣味，使人感到愉快。「亦理，亦情，亦趣」是就
「意」而言，然進一步說「逶迤而下」，則是章法，船山謂此詩章法乃
理、情、趣的展演，詩人一路委婉曲折寫下，而心境亦趨從容自得。此
為山水詩創作過程所伴隨湧現於主體心靈的精神境界，此章以此為核
心嘗試析探。

第一節　前人觀點

　　謝靈運山水詩在文學史上建立其無可取代的地位，然文學究竟要
為人性的精神與心靈而服務，這是創作的心理層。謝靈運山水詩開展
出怎樣的精神境界，前人亦多所探討，總括有兩個層面。

一、孤獨心境

　　林文月在創作心理層「意」的主題呈顯上認為，謝靈運山水詩與
陶詩同樣流露深沉孤獨感，或用「孤」，或用「獨」，或用其他同義詞，
如：

　　　　空對尺素遷，**獨**視寸陰滅。(〈折楊柳行〉之二)

〔註12〕《十三經注疏‧詩經》，頁632。
〔註13〕〔明〕王夫之：《古詩評選》，錄自《船山全書》，冊十四，頁737。

安排徒空言，**幽獨**賴鳴琴。（〈晚出西射堂〉）

孤遊非情歎，賞廢理**誰**通。（〈於南山往北山經湖中瞻眺〉）

〔註14〕

又以康樂詩多以悲傷落寞結尾：

大抵，謝詩首多敘事，繼言景物，而結之以情理，故末語每
多感傷。這種井然的次序，幾為慣例典型。〔註15〕

謝靈運四十九年的生命，表面上雖然多采多姿，極富傳奇性，
其人言行亦多乖迕不可諒，實則衷情落寞，靡有寄託，可憐
可哀！故其詩章悲響縈迴，良有以也。〔註16〕

因此說：「故其客觀賞鑑之態度，及細膩摹描之筆法，遂成為山水詩之
典型寫作方法」。〔註17〕而事實上，山水一旦入詩，便不再是客觀基料。
林氏從謝靈運四十九年生命，最終乖迕不可諒，於是謝靈運的山水之
娛被遮蔽了，以為其「衷情落寞，靡有寄託」，尤其謂其結語「每多感
傷」。山水詩作為局勢動盪的六朝創體詩歌，能不有其精神境界，以為
人心的救贖？更何況於六朝形成創作風潮？

劉明昌亦不否認康樂詩中「情」的重要，認為謝詩「結構以情為
尚」，然亦以為：

由於靈運本身性格上之喜新、恃才傲物，與思想上之多元及
矛盾，要說其於心靈上與詩作中，始終保持絕對之自然和諧，
是極難令人置信的。〔註18〕

「始終保持絕對之自然和諧」，於謝靈運是苛求了，然於創作當下的心
靈呢？或許可透過其詩作進行梳理。在「意境以寂為基」一小節中，亦
如林文月所剖析，以為其詩作，「在華麗絢爛詞語背後，呈現憂獨畏寂

〔註14〕　林文月：《山水與古典》，頁76～77。
〔註15〕　林文月：《山水與古典》，頁121。
〔註16〕　林文月：《山水與古典》，頁123。
〔註17〕　林文月：《山水與古典》，頁113。
〔註18〕　劉明昌：《謝靈運山水詩藝術美探微》，頁185。

之心」，悲寂之情是其意境表現之主軸。〔註19〕推測乃因缺乏賞心人之故，再究其因則為：

> （一）朝代變遷，無所適從；（二）政治失意，以致心懷憤懣，離群索居；（三）出身世族，人多不敢高攀；（四）恃才傲物，不欲苟合；（五）生性褊激、任性放縱，人難近之；（六）標新立異，不合世俗。〔註20〕

從時代因素，到個人家世背景、仕途失意、天生性情，推測其因此乏人賞心而感悲寂。以為謝靈運所以有此悠遊山水之心，或許正受此悲寂之情所導引，欲藉山水表面之美，掩飾其充斥心頭之煩憂，或反襯其內心無法排遣的孤獨感。種種同情，與林文月有相近的情懷。

施又文探討謝靈運山水旅遊及其創作動機為：一、賞愛自然；二、抒發政治憂悶；三、超越世纓，獲得精神自由；四、希求表現、自我定位，〔註21〕總括來說，是「遊」產生了愉悅。施氏以為，旅遊審美活動是以遊覽、欣賞與滿足精神需要為目的，透過「非常規」的生活體驗，重新甦活生命的能量與動力，因此，六朝進入「遊」的自覺，山水因而得以大量創作。其中以謝靈運為代表，施氏統計、歸結說：

> 謝詩中用來表明遊覽山水的行為動詞頻率極高，共用「遊」字41次，「覽」字10次，「旅」字8次，「行」字48次，「登」字24次。……詩人暢游山水的怡然自得，發現新景點的激動興奮，領略到宇宙終能有如此美妙景物而感到自豪和欣喜，充分體現了「遊」的自覺本質——愉悅。〔註22〕

然而，此種「自豪和欣喜」並未成為施氏探討謝靈運山水詩的聚焦，認為其所涵蓋的層面裡，其中主體部分的開創是：謝靈運山水詩所展現的進退維谷的痛苦，是他個人的、家族的，與黑暗時代下士人心理意識

〔註19〕 劉明昌：《謝靈運山水詩藝術美探微》，頁197。
〔註20〕 劉明昌：《謝靈運山水詩藝術美探微》，頁200。
〔註21〕 施又文：《謝靈運山水旅遊詩及其開創性研究》，頁192～206。
〔註22〕 施又文：《謝靈運山水旅遊詩及其開創性研究》，頁192。

的縮影，因此，憤懣、孤寂不免：

> 綜合言之，謝靈運個性高傲而又倔強新朝，一次次錯誤的選
> 擇使謝靈運一生和政治風浪糾纏不已，最後釀成了他幾度被
> 罷官、病免、外放及被殺的悲劇命運。仕途蹭蹬，宦海浮沉
> 的遭際使「自謂才能宜參權要」的謝靈運彷徨憤懣，遂投向
> 山水訴說自己的失意與孤寂。〔註23〕

如此說來，投向山水，是謝靈運失意與孤寂的宣洩與寄託，若果為真，
其與「詩騷」的比興寄託有何不同？自然景物從「詩騷」起，便一直是
作為詩人言志「比興」對象，景物不必然具有空間感與經驗中的實存
性。

馬曉坤探討文化視野中的詩境，將於山水田園中遊樂悟理者分為
三類：

> 一是絕意仕進者，他們一心追求山水之美，並在美的欣賞中
> 體玄悟理……；二是仕而復隱者，如陶淵明、湛方生等……；
> 再者便是如謝靈運一類人，在朝為官，也渴望在現實中有所
> 作為，但不被執政者信任，只好寄情山水。〔註24〕

第三類以謝靈運為代表，所述以充滿委屈、鬱悶。馬氏接著以「在遊
山玩水中寄寓對現實的不滿與反抗者」為標題，論述第三類人多為士
族子弟，他們自矜閥閱，期許甚高，然入宋後並未能有太多發展空間，
於是「由希望轉而失望，進而走向憤懣與對抗」，〔註25〕因此無奈地
走向山水，心卻游離於山水之外，剪榛開徑，肆意遊度，對自然山水
抱著征服的態度，帶有明顯的挑釁與反抗的味道。馬氏分析此心理
說：「從心理因素來講，他們是把對現實的不滿與反抗自覺不自覺地
通過這種方式發泄出來，將現實中受到壓抑的征服慾、成就感等能量

〔註23〕　施又文：《謝靈運山水旅遊詩及其開創性研究》，頁33。
〔註24〕　馬曉坤：《趣閑而思遠：文化視野中的陶淵明、謝靈運詩境研究》（杭
　　　　　州：浙江大學出版社，2005.6），頁91。
〔註25〕　馬曉坤：《趣閑而思遠：文化視野中的陶淵明、謝靈運詩境研究》，頁
　　　　　98。

釋放到自然山水之中。」〔註 26〕馬氏此說，顯然也是承繼白居易觀點而來。

學者亦有從「氣感遷化」身體感切入謝靈運山水詩的抒情書寫，如：陳秋宏以「六朝詩歌中知覺觀感之轉移」為題進行研究，認為謝靈運是體現「氣感遷化」與「興會體物」兩種觀感模式過渡期的關鍵人物，其以寫景體物的獨到眼光，開展了「興會體物」之身體感，影響了後代詩人。然景物描摹所湧現的玄學體悟，無法排遣其濃重鬱悶之悲懷、孤寂感，因此「即使摹景細膩，體會真切，但不可擺脫的孤寂之感依然充盈於其情感語態中」。〔註27〕所舉〈晚出西射堂詩〉、〈登上戍石鼓山詩〉、〈從斤竹澗越嶺溪行詩〉等，誠然皆以孤寂結尾，然觀謝靈運山水詩作，亦只是其中的少部分。

李雁以為，九十年代後，香港譚元明《謝靈運山水詩新探》著重對作者的心理分析和對文本的藝術分析，「其觀點、方法都較新穎獨到，論述細緻深入。只是稍覺嚴謹不足，尤其是把謝靈運描繪成一個近乎是變態的精神病患者的做法，是我們較難接受的」，〔註28〕謝靈運瘋狂地走入迂曲幽異的山水，應有其相當程度的精神滿足，除了魏晉風行的玄理外，是怎樣的精神境界推動其一次次地投入山水？

二、精神昇華

劉勰以「莊老告退，而山水方滋」揭示山水詩的登場，鍾嶸《詩品》則明示其時代背景云：「永嘉時，貴黃老，稍尚虛談。于時篇什，理過其辭，淡乎寡味。」〔註29〕山水詩接續玄言詩而來，「莊老」玄言以「理」勝而乏「味」，山水取代「莊老」玄言而能鼓舞社會人心的「理」

〔註26〕 馬曉坤：《趣閒而思遠：文化視野中的陶淵明、謝靈運詩境研究》，頁99。
〔註27〕 陳秋宏：《六朝詩歌中知覺觀感之轉移研究》（臺北：新文豐出版公司，2015.9），頁 212。
〔註28〕 李雁：《謝靈運研究》，頁 4。
〔註29〕 〔南朝梁〕鍾嶸著、陳延傑注：《詩品注》，頁 3。

何在？又生出怎樣的「味」？王船山評謝靈運〈登永嘉綠嶂山詩〉云：
「前十二句皆賦也，後又用之為興」，〔註30〕賦，直陳其事；興，感物
起情，朱熹解作「感發志氣」，前十二句的景、事賦寫，皆能感物起情，
皆可用以感發志氣，提升精神境界。「莊老告退」，除了語言為山水替
代，其思想精神亦應有超越「莊老」之處。白居易謂，謝靈運山水詩乃
「壯志鬱不用」的宣洩，此為創作的原因動機，至於結果，白居易有
謂：「逸韻諧奇趣」，又謂：「豈惟玩景物，亦欲攄心素。往往即事中，
未能忘興論。因知康樂作，不獨在章句」，因此，康樂山水詩的深意應
在「章句」之外。

　　事實上，學者也正面地指出了謝詩所表現的精神。葉笑雪認為：

　　當山水詩已得到高度發展時，在詩裏還有「莊老」成分的殘
　　餘，這不是作為一個奇蹟而存在的，也自有它的社會根源。
　　玄學思想和士族是有血肉相連的關係的……。謝靈運是當時
　　士族的代表人物，又是一個貨真價實的玄學家，在他的詩裏，
　　也必然要或多或少反映出玄學思想。再說，山水本是「以形
　　媚道」的，它可以不拐語言的灣兒，而直接表達玄趣。〔註31〕

山水直接以其「形」表達玄趣，這是謝靈運作為士族代表所反映在文
學上的生活本質與品味，充分展現現實主義精神，「玄趣」是支撐謝
靈運山水創作的精神根源，符合其士族的身分與當時社會實況。然而
對於謝靈運詩的「悟理」，葉氏稱它是「『莊老』糟粕」，且謂：「一些
不以完整句子表達的玄意，像遊魂一樣在字裡行間東閃西躲地浮動
著，也真叫人惹厭呢」，認為此對方滋的山水起著些微的「腐蝕」作
用。〔註32〕然而，「悟理」究為謝靈運山水詩感物而動情後十分重要
的結果，從山水到悟理，是過程的全紀錄，「理」揭示山水之最終物
感，後人很難拿唐代王維、孟浩然等田園詩人之作品予以否定。身體

〔註30〕〔明〕王夫之：《古詩評選》，錄自《船山全書》，冊十四，頁735。
〔註31〕葉笑雪：《謝靈運詩選·前言》，頁11。
〔註32〕葉笑雪：《謝靈運詩選·前言》，頁10～11。

多病而仕途蹇迫的謝靈運，能昂然挺立山水，創作詩篇，山水及引生的哲思，是能超越的精神所在。葉氏最終接受地說：「殘存於詩中的玄理，由於得到山水清新之氣的滋潤，反而獲得較高境界的發展。」〔註33〕此獲得的「較高境界」為何？又說：「山水是大自然的一部分，他最能代表自然的美，把山水寫入詩中，詩自然就體現出高華氣象。」〔註34〕葉笑雪並未對「高華氣象」多作特別說明，但所謂「氣象」，應是一種精神的流露。

王國瓔提及物我關係時說，山水詩中呈現的物我關係是近於道家的，而最終是勸人要物我兩忘，乃至物我同一，達到絕對自由、逍遙無待的心靈境界。謝靈運山水詩是否能夠達到這樣「絕對自由、逍遙無待」的心靈境界？就社會關係而言，這樣的心靈境界是否有更周延的人間世表現？王國瓔說：

> 這種觀賞純粹是「觀照性」（contemplativeness）的，是一種與現實人生毫無相關的心靈陶醉。因此和我們在自然物身上發現道德價值的「善」與功能價值的「用」的欣賞迥然不同。〔註35〕

山水詩的美感經驗「和我們在自然物身上發現道德價值的『善』與功能價值的『用』的欣賞迥然不同」，那麼，能否達「善」與「用」？如何達到？王國瓔以為，儒家面對山水是「比德」，物我對立，孔子說的「逝者如斯」，荀子說的「山林川谷美」都是以自然物為「達到實用目的或道德理想的媒介，其本身並不能成為美的觀照對象」。又說：「這種對自然物的『善』或『用』的欣賞，來自人對自然物的價值判斷或名理思考；而觀照性的欣賞則純然發自詩人對山水形象本身的直覺。因此，詩人沉浸於美感經驗中時，可以說是忘我的、無我的」，亦即王國維《人間詞話》所謂「無我之境」，是指「超越實用目的或現實人生中的我之

〔註33〕葉笑雪：《謝靈運詩選·前言》，頁 11～12。
〔註34〕葉笑雪：《謝靈運詩選·前言》，頁 10。
〔註35〕王國瓔：《中國山水詩研究》，頁 392。

境界而言」。〔註36〕不禁思之，康樂山水之思，往往達理而自適，此時情感得以舒展、平衡，觀康樂詩用典，多連結「老莊」；未達理而傷情、感嘆，則多連結「楚辭」。因此，康樂詩或以「情」結，或以「理」結，後者情理融合而生「趣」。「趣」，趣味，使人感到愉快。「無我」的觀照結果，並非過程，詩人始終是帶著「心目」，「凝神」觀照，起於形象的直覺，卻透過心領神會而由形象昇華自然生命之精神韻味。〔註37〕所說「由形象昇華上去的自然生命之精神韻味」的觀照結果，是否因美的感動而帶引主體精神向上提昇？

　　劉明昌雖推測其有無法排遣的孤獨，然亦於「意境以寂為基」一節收尾說：「亦因有此寂寥幽邃之心，使其山水詩之意境得以昇華。」〔註38〕提振了謝靈運山水詩開展的精神層次，至於昇華了什麼，尚待琢磨、開發。馬曉坤另一方面也樂觀地說：「雖然他們是帶著審視與征服的目的接近山水，事實上，自然之美往往以其幽美之姿與廣縕之理將他們征服。」自然之美如何以其幽美之姿與廣蘊之理征服謝靈運？有何依據？

　　施又文亦稱：「直至謝靈運以一種玩物審美的態度與自然山水素面相對，一次次深入山巔水涯，實地踏察、目擊身經，並且大量以文字捕捉景物生動形貌，展現生意盎然的實存空間。」〔註39〕而謝靈運詩歌寫「遊」多，總括地說，是「落實了『乘物以遊心』，完善自己的生命價值」，使詩人獲得精神自由。〔註40〕又以「希求表現、自我定位」為其動機之一，認為：「如果因為寓目身臨而體現一個前所未有的新世界，身在其中的詩人也必然有了新的存在樣態」，「山水旅遊豐富了靈運的自我概念」，「在靈運的山水詩裏，滲透著他個人強烈的生命意識」。〔註41〕所論已

〔註36〕 王國瓔：《中國山水詩研究》，頁 394。
〔註37〕 王國瓔：《中國山水詩研究》，頁 394。
〔註38〕 劉明昌：《謝靈運山水詩藝術美探微》，頁 201。
〔註39〕 施又文：《謝靈運山水旅遊詩及其開創性研究》，頁 34～35。
〔註40〕 施又文：《謝靈運山水旅遊詩及其開創性研究》，頁 202。
〔註41〕 施又文：《謝靈運山水旅遊詩及其開創性研究》，頁 206。

是進入謝靈運山水詩的精神內裡，至於是否能例舉文本予以顯明，是可在其基礎意識上，進行文本分析加以補充朗現的。葉笑雪說：「山水詩是中國詩的一個優良傳統，謝靈運是當時的山水詩大師，祖國錦繡河山的可愛，一旦被他盡情地歌唱出來，便無往而不屬於全民的喜悅，發揚了無比的現實主義精神！」〔註42〕

這是帶著強烈的民族情感而發出的驚喜與讚賞，有其特殊社會背景。平實一點來看，如王船山所稱，謝靈運詩能盡其「思理」，將詩的創作導引向「開通美好」的境界，這是謝靈運詩所能彰顯的精神，下節進入文本分析。

第二節　謝靈運山水詩的精神表現

謝靈運於〈山居賦〉中自言讀其詩文必須：「廢張、左之艷辭，尋臺、皓之深意，去飾取素，儻值其心耳。」期望「取素」的心靈為讀者了解。又云：「意實言表，而書不盡，遺迹索意，託之有賞。」〔註43〕期望讀者從言外探求其深意，此深意正是「取素」的心靈。「素」，《說文解字》云：「白緻繒也。从糸、𢎨（垂），取其澤也。」段注：「繒之白而細者也。……以白受采也。故凡物之質曰素。」〔註44〕「素」、「質」，質樸、單純之義，「取素」，心靈歸於質樸、單純。在要穿透山水客觀景物的種種艷辭，遇值作者質樸、單純的本心。談「謝靈運山水詩的精神境界」，主在深入文本分析，體悟其觀物的心靈變化，從而掌握「山水詩」的實在層是否帶引詩人在精神上有所提升，顯現其作為晉宋詩歌新題材的價值。甚且堅信，「莊老告退，而山水方滋」是確確實實的生活與文學的結合產物，是文人面對其存在處境的不得不然，卻能開展其面對山水的悠然心境，進而影響後世文人的山水情懷，從中尋得自我安頓的力量。金人王寂說：

〔註42〕葉笑雪：《謝靈運詩選・前言》，頁15。
〔註43〕顧紹柏：《謝靈運集校注》，頁449。
〔註44〕《說文解字注》，頁669。

> 夫人情之嗜好，固不在乎尤物，而在乎適意而已。然必先得
> 之於心，而後寓之於物，故無物不可為樂，如謝康樂之山
> 水……。〔註45〕

王寂認為謝靈運的山水創作，達到一種「無物不可為樂」的「適意」境
界。「適」是往而合宜，「意」指心意，強調康樂之於山水乃物來相應，
與心相合，然後此心意得以有物可託，而感適切，亦即精神上的「自
得」。詩人觀物的心靈變化，表現在詩「意」中，尤其最後的「理得」
為其止境，從實寫眼前景、真情融入，到最後的妙悟，表現了詩人「適
意」、「自得」的精神境界。其山水詩的精神表現，可從詩人於山水中所
悟之理加以掌握。

一、由出貶的感傷而寬舒

（一）山水作為幽棲生活的美好想像

　　政治失意，被貶出守，啟程前往永嘉。未有太多的寫景文字，然
於百般不願下，刻劃即將窮遍山海的美好幽棲生活。〈永初三年七月十
六日之郡初發都〉云：

> 述職期闌暑，理棹變金素。秋岸澄夕陰，火旻團朝露。辛苦
> 誰為情？遊子值頹暮。愛似莊念昔，久敬曾存故。如何懷土
> 心，持此謝遠度。……日余亦支離，依方早有慕。……從來
> 漸二紀，始得傍歸路。將窮山海跡，永絕賞心悟。

又，〈鄰里相送方山〉云：

> 祇役出皇邑，相期憩甌越。解纜及流潮，懷舊不能發。析析
> 就衰林，皎皎明秋月。含情易為盈，遇物難可歇。積痾謝生
> 慮，寡欲罕所闕。資此永幽棲，豈伊年歲別。各勉日新志，
> 音塵慰寂蔑。

二詩作於才啟程，對京城的懷念、與親友的不捨、沿途可能的辛苦，層

〔註45〕　〔金〕王寂：〈三友軒記〉，錄自《影印文淵閣四庫全書‧集部一二九‧
　　　　別集類‧拙軒集》，冊1190，卷五，頁44。

層疊疊的憂戚，啟程在困難中展開。「將窮山海迹，永絕賞心悟」、「資此永幽棲，豈伊年歲別」，兩首詩的共同心情是，以對未來居處永嘉的山海窮跡之想望，消解出發的種種不適意。這個想望其實早已盤旋心中，謝靈運詩〈答中書〉，寫於早期「在江陵、建康等地為官時期」，繫年晉義熙八年（公元四一二年），時年三十七，未至永嘉，已流露對莊子避世隱居的嚮往：「在昔先師，任誠師天。刻意豈高，江海非閑。守道順性，樂茲丘園」，〔註46〕以「天」為師、為道，樂處自然，順性而為，以永嘉將為山海窮跡，是自我安慰也好，是幽棲之美好想像也罷，總之，此行正可遂此初衷。

　　〈永初三年七月十六日之郡初發都〉起首寫景實帶憂戚，「述職期闌暑，理棹變金素」，以「闌暑」、「金素」的季節交替，表達啟程的延遲猶豫，「初發都」實為不得已、不情願。「秋岸澄夕陰，火旻團朝露」，指明時刻，也正說明「辛苦」的遊子情懷，夕陰澄澈，朝露團攢，晚睡早起，露宿著實辛苦；偏又遲暮之年，辛苦倍增。以莊子、曾子典故，表達懷舊之意，在無可奈何中，《莊子·人間世》裡的支離成為取法對象，「曰余亦支離，依方早有慕」，身處塵世而保持逍遙自在，謝靈運強調這是他早有所慕之事，「從來漸二紀，始得傍歸路」，表達終得如願的心情。結語似能永得安頓，所憑藉在長久以來的想望。康樂此話並非虛假，山水始終作為安頓心靈的精神堡壘。

　　「析析就衰林，皎皎明秋月」是〈鄰里相送方山〉一詩唯一的寫景聯，也因懷舊的盈滿情感，物皆可哀，「含情易為盈，遇物難可歇」是真心實話，因此，林木的析析聲，秋月的皎皎形，盡是觸媒。從難以止息的哀愁，突生「永幽棲」的想望與依靠，並彼此勉勵各求日新，「資此」，是以「寡欲」為依憑，「寡欲」是以相期「甌越」為依憑。「憩」，休息，指身體能得休息，也指心靈得有所託，「憩甌越」，表達此去永嘉的身心預期。「甌越」山水雖未加以刻劃，卻早已盤據心中，

〔註46〕顧紹柏：《謝靈運集校注》，頁2。

俟機超越京城的官場生活。

（二）從傷春悲秋中頓悟超越

　　謝靈運筆下的山水有樂有哀，哀景所引起的情感反應，未必就是抑鬱沉淪，往往一個反思便能及時翻轉，如〈七里瀨〉：

> 羈心積秋晨，晨積展遊眺。孤客傷逝湍，徒旅苦奔峭。石淺水潺湲，日落山照曜。荒林紛沃若，哀禽相叫嘯。遭物悼遷斥，存期得要妙。既秉上皇心，豈屑末代誚！目睹嚴子瀨，想屬任公釣。誰謂古今殊，異世可同調。

「羈心積秋晨，晨積展遊眺」，時序進入秋季，季節的自然變化，已讓「孤客傷逝湍」，亦是「歎逝」心情。景語「石淺水潺湲，日落山照曜。荒林紛沃若，哀禽相叫嘯」，呈現一片山林景象，詩人不禁想起被貶遭遇，「遭物悼遷斥」，自然景物徒增傷痛。「嚴子瀨」是實實在在目睹之景，聯想《莊子》裡的任公垂釣，典範現前而立即頓悟，心靈於是超越現實的窘迫。

　　〈登池上樓〉云：

> 潛虯媚幽姿，飛鴻響遠音。薄霄愧雲浮，棲川怍淵沉。進德智所拙，退耕力不任。徇祿反窮海，臥痾對空林。衾枕昧節候，褰開暫窺臨。傾耳聆波瀾，舉目眺嶇嶔。初景革緒風，新陽改故陰。池塘生春草，園柳變鳴禽。祁祁傷豳歌，萋萋感楚吟。索居易永久，離群難處心。持操豈獨古，無悶徵在今。

景語「初景革緒風，新陽改故陰。池塘生春草，園柳變鳴禽」的由冬轉春，想起《詩經》、《楚辭》裡傷感的思歸之情。「初景革緒風，新陽改故陰」，總括望向山水之感受，呼應原來的「衾枕昧節候」；「池塘生春草，園柳變鳴禽」，特寫季節遞嬗一角，草因春而生滿池塘，禽因春改變而啼鳴園柳，耳目承攬宇宙最具生機的時刻，能不對一己生命有所反思？個人與社會的生機何在？動詞「生」、「變」含藏詩人內心對過去

與未來種種的破與立。結語頓悟自勉，一切感傷都在此頓悟下戛然而止。

傷春悲秋原是六朝詩人常有的詠嘆，謝靈運在此卻由傷悲頓悟寬慰之道，立即自我救贖。出守永嘉時期，從出發的懷舊不捨而以幽棲自我寬慰，雖未大量摹寫山水，然永嘉山水的美好想像，已然升起安頓的方向。出守永嘉，山水景語或者是觸動傷感的來源，然，就全詩來說，仍常有超越的想望。

（三）山水幽迴空翠，抱樸物慮得遣

出守永嘉，跨步走入山水，大量創作山水詩，心中對山水的眷戀已難割捨，索性辭官隱居。山疊水繞，對謝靈運而言，幾乎已是生活中最切要的部分，也是情意最穩固的依靠。以〈從斤竹澗越嶺溪行〉為例，此詩作於元嘉二年（公元四二五年）夏，是第一次隱居故鄉始寧時期之作：

> 猨鳴誠知曙，谷幽光未顯。巖下雲方合，花上露猶泫。逶迤傍隈隩，苕遞陟陘峴。過澗既厲急，登棧亦陵緬。川渚屢逕復，乘流翫迴轉。蘋萍泛沉深，菰蒲冒清淺。企石挹飛泉，攀林摘葉卷。想見山阿人，薜蘿若在眼。握蘭勤徒結，折麻心莫展。情用賞為美，事昧竟難辨？觀此遺物慮，一悟得所遣。

「遺物慮」的體悟、抒懷，是因「觀此」，詩人原先並不預想從遊覽中尋求慰藉，因此，實實在在寫景、敘事，自自然然抒情、悟理。山水幽迴，「猨鳴誠知曙，谷幽光未顯」、「巖下雲方合，花上露猶泫」、「苕遞陟陘峴」、「過澗既厲急，登棧亦陵緬」，寫「幽」，亦寫「遠」，有山，有水，有動，有植，有天光，有雲影。「川渚屢逕復，乘流翫迴轉」，寫「迴」，水中小洲屢屢經過往來；順著水流，迴轉觀賞。「逶迤傍隈隩」，寫「幽」，亦寫「迴」，沿著拐彎的山路，曲曲折折。山水幽迴，接續往復，遠而不知其累。「蘋萍泛沉深，菰蒲冒清淺」，謝靈運模山範水，總

不忘特寫近景，清麗、鮮明，所謂「初發芙蓉」類此。「企石挹飛泉，
攀林摘葉卷」的輕鬆舉動，是對自然環境的回應，正見詩人此刻的感動
與自適。

　　如此自然美景，即使面對劉義真的不明死亡，失去賞心人的傷痛，
亦能轉念而得抒懷。此詩為專注刻畫山水之美，且得以舒暢的典型例
子。

　　永嘉時期的〈過白岸亭〉詩云：

　　　拂衣遵沙垣，緩步入蓬屋。近澗涓密石，遠山映疎木。空翠
　　　難強名，漁釣易為曲。援蘿聆青崖，春心自相屬。交交止桑
　　　黃，呦呦食苹鹿。傷彼人百哀，嘉爾承筐樂。榮悴迭去來，
　　　窮通成休感。未若長疎散，萬事恆抱朴。

又見傷春，然此詩並未以之作為嘆逝主題。以「春心自相屬」興
起傷春之意，春的榮翠引起窮通、休戚的去來無常之感，最後勉以疎
散、抱朴，貞定生命常態。

　　「拂衣遵沙垣，緩步入蓬屋。近澗涓密石，遠山映疎木。空翠難
強名，漁釣易為曲」，敘事、寫景，收止於「空翠」自然美景，以及「漁
釣」隱者的棲身好所。沙垣、蓬屋、澗水、密石、遠山、疎木、淨雅山
水、簡質亭宇，映入眼簾，觸動心靈，後文為「抱朴」的理想提供具體
依據，毋寧為詩人注射一劑強心針；「空翠難強名，漁釣易為曲」，興起
幽隱感觸，再為「抱朴」堅定信念。「援蘿聆青崖，春心自相屬」為轉
折，聽覺的敏銳引起傷感，山崖鳥啼，連結《詩經》〈黃鳥〉、〈鹿鳴〉，
身處朝廷，順逆不定，於己是一為難，於國又是一危境。劉宋王朝，如
今滿廷歡樂、備受君王恩寵的是些什麼人？權奸當道，忠良又將如何
自處？傷感、惆悵，《楚辭》裡憂國憂民的「傷春」情緒湧現！感物而
動，憶古思今，現實存在處境對顯，遭斥的心情再起，詩人反芻官場窮
通哀樂的往復不定，能恆定的唯有真樸，「萬事恆抱朴」正是淨雅山水
所提供的人生答案。此時此刻，詩人以為精神價值，不在事功，而在尋
得且欣賞自己的生命步調。

二、由官場的疲累而昭曠

(一)山水景物或清曠或迂迴，助長反思過往而實現遠遊

前往永嘉途中，繞道故鄉始寧，詩人反思過往，幸得其靜，作〈過始寧墅〉：

> 束髮懷耿介，逐物遂推遷。違志似如昨，二紀及茲年。淄磷謝清曠，疲薾慚貞堅。拙疾相倚薄，還得靜者便。剖竹守滄海，枉帆過舊山。山行窮登頓，水涉盡迴沿。巖峭嶺稠疊，洲縈渚連綿。白雲抱幽石，綠篠媚清漣。葺宇臨迴江，築觀基曾巔。揮手告鄉曲：三載期歸旋，且為樹枌檟，無令孤願言。

照應康樂一生，「無令孤願言」之願，終究虧負，然詩作究竟是當下真誠心聲所成的自我祈嚮。「願」指「歸旋」之意，既為「身」之歸隱山林，亦為「心」之歸於寧靜。在「山行窮登頓，水涉盡迴沿。巖峭嶺稠疊，洲縈渚連綿。白雲抱幽石，綠篠媚清漣。葺宇臨迴江，築觀基曾巔」敘事、寫景之後，發出「揮手告鄉曲：三載期歸旋，且為樹枌檟，無令孤願言」的自我安頓宣言。

起首反思過往，從一己性情到屈志為官，既拙且疾，正如《莊子·齊物論》所云：「茶然疲役而不知其所歸」，行、藏無定，因而有不知所歸的感嘆。藉由出守永嘉，繞道故鄉先祖所營始寧別墅，終得歸宿。「山行窮登頓，水涉盡迴沿。巖峭嶺稠疊，洲縈渚連綿。白雲抱幽石，綠篠媚清漣」，重嶺縈渚間，窮盡登涉，眼前白雲環抱山石，水涯嫩竹顯媚，既幽且清，一靜一動，活潑有情。此情此景，恰得《老子》「歸根」之「靜」；「歸根」，身既歸鄉，心亦歸靜。於是葺宇、築觀，詩意歸結於「三載期歸旋」的清靜期待。康樂反思過往官場的種種屈己違志，疲累至極，藉出守永嘉繞道始寧，得遂幽尋故山之便，山山水水，稠疊縈迴，沒有風塵僕僕，卻盡是賞不膩的風光。「白雲抱幽石，綠篠媚清漣」特寫，「抱」的熱絡，「媚」的動人，往後葺宇、築觀此處，居

高俯視，「靜者」歸宿不乏可親可近的宇宙自然。「清」是謝靈運山水詩中常用之辭，「清漣」、「清曠」，從客觀景物到一種心靈境界。

　　行旅中不乏迂迴驚險，害怕、擔憂自所難免，然處處盡是觸機，於是體悟，即使驚險，習之則實現遠遊之諾，懷抱昭曠，終身得託，幽棲之嚮往更為篤定，且看〈富春渚〉：

> 宵濟漁浦潭，旦及富春郭。定山緬雲霧，赤亭無淹薄。溯流觸驚急，臨圻阻參錯。亮乏伯昏分，險過呂梁壑。洊至宜便習，兼山貴止託。平生協幽期，淪躓困微弱。久露干祿請，始果遠遊諾。宿心漸申寫，萬事俱零落。懷抱既昭曠，外物徒龍蠖。

此詩表達意旨仍在「歸」願的堅持，較〈過始寧墅〉更為篤定，且胸懷昭曠。乃因歷經急流驚濤，體悟甚深，反思自己，宦途只添微弱身軀，幸有永嘉。康樂詩總是透過實際場景而體悟生命，其鋪寫事、物，往往寄寓情理，《老》、《莊》之外，尚有《周易》，從山水體會三玄而入詩，長於時代風氣而變化時代，玄言詩一變而為體物興情悟理的山水詩。在心情得以申述排解後，漸次昭曠，終於抖落惱人的外物。抖落、消解，物、我間尋找平衡，其味仍在人間事，玄與儒相參。

　　「宵濟漁浦潭，旦及富春郭」，交代所在位置，同時表達夜以繼日地趕路赴任。緊接著便是一連串的驚險，後文中的「淪躓困微弱」，其因不難想像。「定山緬雲霧，赤亭無淹薄。遡流觸驚急，臨圻阻參錯。亮乏伯昏分，險過呂梁壑」，從富春開始，先實寫船所歷經，再虛寫情意，表達環境的險惡，詩人實難招架。連連驚濤急流，詩人不能不有所體悟，處境對詩人心靈的影響再次得到印證，「含情易為盈，遇物難可歇」是康樂的歸結。「亮乏伯昏分，險過呂梁壑」，康樂以伯昏无人減卻主觀力量的不足，以呂梁壑增強客觀環境的險惡，順勢提出《周易》面對處境的補給——「洊至宜便習，兼山貴止託」，臨境思索《周易》之理，體悟生存之道，闖蕩歷練，知所進退。出守永嘉，官途如遇大山阻絕，然無妨寄託於此而獲得安頓。「止」如果得「託」，「歸」願便了。

以《易》卦連結前半所述之事與後半體會之情理，訴諸經書而更具說服力，自勉勉人。末尾的體悟，「平生協幽期，淪躓困微弱。久露干祿請，始果遠遊諾。宿心漸申寫，萬事俱零落。懷抱既昭曠，外物徒龍蠖」，皆由前文所歷之景、事而引發反思過往，協定未來的情理。對謝靈運來說，歸返山林只是一向的心願，登覽、行旅所望，增強對幽居的嚮往，山水景物在此是反思憑藉，最終得以胸懷昭曠。

船山謂謝靈運此詩：「微心雅度，所不待言」，〔註 47〕是對主體胸襟的高度肯定。「微」、「雅」為形容詞，「心」、「度」為名詞。「微」，可釋為小、少、隱約等，皆含「微婉」意；亦可釋為精妙，如「微言大義」；微婉而精妙。「雅」，《荀子・榮辱》：「君子安雅」，注云：「雅，正也。正而有美德者謂之雅」，〔註 48〕「雅」多有高尚、美好之意，如雅望、雅士；又有從容寬宏之意，如雅量；還有溫婉文靜之意，如雅坐、雅馴；甚至能推衍出深遠意致，如雅人高致；「雅」另有高雅精妙之意，「雅操」，指彈奏樂曲高雅精妙。「微心雅度」，指康樂之心靈微婉精妙、氣度從容寬闊，此為船山對謝靈運詩主體心靈的概括、濃縮。觀此詩，主體心靈的最初呈顯在「洊至宜便習，兼山貴止託」的體悟，此意涵蓋一生行止，動靜各宜，急流行舟的動態敘實，逼出「洊至宜便習」的生命韌性；疊山停步的靜態記實，悟開「兼山貴止託」的生命智慧。江中行止隱喻一生行藏，帶引後文至結尾的生平反思，可謂微婉精妙。而其反思歸結出「懷抱既昭曠，外物徒龍蠖」，不再為外物侵擾，龍、蠖各有生命需求，求存身、求伸展，任憑各致其力。「萬事俱零落」的放下，換得懷抱的昭曠，而京城裡仍在求存身、求伸展的，特別是過去的政敵，就讓他們去各憑本事吧，憤恨不平已完全解消，氣度就此從容寬闊。船山以康樂此處「微心雅度」殆亦昭然，讀者不能忽略的正是創作主體在生命遭逢中的真切感受與自我救贖的緩解之道，朝向開通與美好。

〔註 47〕〔明〕王夫之：《古詩評選》，錄自《船山全書》，冊十四，頁 731。
〔註 48〕〔清〕王先謙：《荀子集解》（臺北：中華書局，1997.10），頁 62。

（二）茫然不定行旅中，尋索生命立身處

康樂於〈過始寧墅〉自嘆「疲薾慚貞堅。拙疾相倚薄」，既愧於耿介性情，又難安於屈志為官。仕隱反覆，茫然不定的生命旅程，謝靈運往往於行旅中，隨所遇而思索生命立身處，除了體悟，有時也自我堅定信念，如〈初發石首城〉：

> 白珪尚可磨，斯言易為緇。遂抱《中孚》爻，猶勞「貝錦」詩。寸心若不亮，微命察如絲。日月垂光景，成貸遂兼茲。出宿薄京畿，晨裝摶魯〔曾〕颷。重經平生別，再與朋知辭。故山日已遠，風波豈還時。苕苕萬里帆，茫茫終何之？遊當羅浮行，息必盧霍期。越海凌二山，遊湘歷九嶷。欽聖若旦暮，懷賢亦悽其。皎皎明發心，不為歲寒欺。

謝靈運因求決湖為田事，被誣告有「異志」，赴任臨川內史。此詩旨意在「皎皎明發心，不為歲寒欺」的堅定表白，「故山日已遠，風波豈還時。苕苕萬里帆，茫茫終何之」，亦實亦虛，寫旅程，亦遙想歸返既不知何時，前行亦遠未可知，茫然不定的生命無歸之感升起，惆悵全因小人讒言。出發往臨川，心裡極度不平衡。

士人至此，慨嘆至極！然夫復何嘆，「遊當羅浮行，息必盧霍期。越海凌三山，遊湘歷九嶷」，轉進尋仙遊歷以自我紓解。此四句見天性愛好山水之流露，決意遍遊名山大川，敘事兼抒情，山水遊歷承載詩人滿腹牢愁，形成甘願投入的寬廣世界，一來空間的寬廣，二來時間的綿延長遠，思索更顯開闊。其中，即使所過慨嘆、悲涼，仍能迅速尋獲自我寬慰的契機。

然，隨所經往而又生感，其中經歷舜所葬蒼梧山、屈原所處湘江一帶，「欽聖若旦暮，懷賢亦悽其」，懷古之意起，舜帝美好歲月太短暫，屈原愛國而投江使人哀戚悲涼。結語自勉，「皎皎明發心，不為歲寒欺」，即使歲寒日惡，此心終於在皎皎如天明中獲得貞定，張兆勇云：「總之，大謝為詩情作了盡情的鋪墊。結尾八句，大謝因勢進

一步鋪成此矛盾。他陳述自己此時，既對自然歸宿感到可望而不可即，所謂『遊當羅浮行，息必廬霍期』。又對人倫理想倍感糾結，所謂『越海凌三山，遊湘歷九嶷。欽聖若旦暮，懷賢亦悽其。』從而追問人的一生矛盾重重，人生應立命於何處？大謝就此最後推出自己的人生之所持，所謂『皎皎明發心，不為歲寒欺』」，〔註49〕詩是一段突破重重矛盾與阻礙的心靈探索，終究得以撥雲見日之昭昭，〈初發石首城〉為典型例證。

三、索幽尋仙與自我安頓

（一）尋仙未果，卻得源源生機、物我合歡

山水充滿生機，提醒還原現實世界，謝靈運山水詩始終未能忘懷人間事，或可藉此一振精神，且看〈舟向仙巖尋三皇井仙跡〉：

> 弭棹向南郭，波波浸遠天。拂鯈故出沒，振鷺更澄鮮。遙嵐
> 疑鷲嶺，近浪異鯨川。躋屐梅潭上，冰雪冷心懸。低佪軒轅
> 氏，跨龍何處巔？仙蹤不可即，活活自鳴泉。

起首敘事、寫景，「弭棹向南郭，波波浸遠天。拂鯈故出沒，振鷺更澄鮮。遙嵐疑鷲嶺，近浪異鯨川。躋屐梅潭上，冰雪冷心懸」，營造渺遠、澄淨的空間感，佛祖講道的靈鷲山浮現腦海，顯見佛教思想已影響謝靈運，時時與生活連結。鯈、鷺的白、嵐、浪的綠、白，醞釀冷靜如冰雪的專注，「躋屐」的小心謹慎，為登覽，也為尋軒轅仙跡。題目「舟向仙巖尋三皇井仙跡」，「低佪軒轅氏，跨龍何處巔」扣題，然亦說明要找尋的是軒轅氏乘龍飛升的地方。軒轅氏被各部落推尊為帝，代神農氏而有天下，完成人間事後，修練得道，乘龍飛升，此為康樂嚮往境界，仙、佛、道是謝靈運完成事功後的心靈歸屬，以道家的隱逸山林為理想。康樂臨川被執，死前歌詠〈臨終〉，嘆曰：「恨我君子志，不獲巖上泯」，〔註50〕不

〔註49〕張兆勇：《謝靈運集釋》，頁63～64。
〔註50〕顧紹柏：《謝靈運集校注》，頁297～298。

能死於隱所，是為遺憾。然於〈臨川被收〉曰：「韓亡子房奮，秦帝魯連恥。本自江海人，忠義感君子」，〔註51〕感張良、魯仲連忠義的君子節操，此二人完成事功後全身而退，隱居江海，這才是他的「君子志」。軒轅氏亦為典範，因此熱切尋訪其蹤，「仙踪不可即，活活自鳴泉」，回到現實；現實泉聲鳴響，「活活」在心，「得道」也可以在活生生的現實世界，謝靈運的理想是儒、道兼有，且為先儒後道。結語是全詩旨意，其象徵手法，意象鮮明，後人王維「君問窮通理，漁歌入浦深」、錢起「曲終人不見，江上數峰青」近之。「尋仙跡」，詩中以釋迦牟尼曾講經的靈鷲山借指仙巖山，將仙、佛關聯一起，蕭馳謂此顯見其以山林覓尋表達對原始佛教的嚮往，〔註52〕康樂或有此義，然人間事功的完成仍是為所掛懷，於玄、佛思想鼎盛的時代，康樂仍保積極的儒業入世思想，此其家世祖德之傳承。

　　「仙踪不可即，活活自鳴泉」，以泉水「活活」出響，提醒還原現實世界，生機源源不斷一如泉聲，意象鮮明。

　　尋索幽異，物我合歡，如到升喬靈域，辛稼軒所謂「我見青山多嫵媚，料青山見我應如是」的物我相融，一般很少許予康樂，然其詩中亦確有如此境界者，如〈石室山〉：

　　　　清旦索幽異，放舟越坰郊。苺苺蘭渚急，藐藐苔嶺高。石室
　　　　冠林陬，飛泉發山椒。虛泛徑千載，崢嶸非一朝。鄉村絕聞
　　　　見，樵蘇限風霄。微戎無遠覽，總笄羨升喬。靈域久韜隱，
　　　　如與心賞交。合歡不容言，摘芳弄寒條。

以「索幽異」的動機出發，終來到「鄉村絕聞見，樵蘇限風霄」之處，全詩塑造石室山為韜隱靈域，其神靈形象，反射內心對遠離塵俗的嚮往，「合歡不容言」表達其暢適心情。

　　以「索幽異」為此行目的。「清旦」的出發時間，顯見心中嚮往；「放舟」，亦見心情的縱放。從「越坰郊」、「苺苺蘭渚急，藐藐苔嶺高」，

〔註51〕　顧紹柏：《謝靈運集校注》，頁 294。
〔註52〕　蕭馳：《佛法與詩境》（臺北：聯經出版社，2012.7），頁 26。

到石室山的出現：「石室冠林陬，飛泉發山椒」，逐步填實其空間感。再以「虛泛徑千載，崢嶸非一朝」，充填其時間感，積累出「幽異」面貌，吸引詩人一探究竟。再以人事增添神祕感，「鄉村絕聞見，樵蘇限風霄」，其貌果如傳聞，難以窺見。康樂本是愛探山林之人，又自少年便羨王子喬升仙之事，石室山的幽異神祕，正好符合詩人如此天性，出發是必然之舉。尋仙或許未果，然一路的遠離凡俗，進入自然之境，雖說靈域，卻如同面對知心好友，相融共歡，似在仙境，又似人間，「摘芳弄寒條」，以景語具體形象化，輕快點撥此刻生命美好的體驗，這是謝靈運山水入詩的另一優勢，王船山謂其詩「使人卜躁之意消」，〔註53〕強調其詩意在輕快美好的收結中，對讀者心靈的感染。

（二）想像崑山仙人，避世終養可期

尋仙或許未能有結果，然可經由想像而得。「江中孤嶼」既是歷覽倦遊後的具體奇鮮景觀，也是官場險患後的想像重生之境，是康樂再次確認可以帶來身心安頓的美好之地，〈登江中孤嶼〉詩：

> 江南倦歷覽，江北曠周旋。懷雜（新）道轉迴，尋異景不延。
> 亂流趨正絕，孤嶼媚中川。雲日相輝映，空水共澄鮮。表靈
> 物莫賞，蘊真誰為傳？想像崑山姿，緬邈區中緣。始信安期
> 術，得盡養生年。

六朝紊亂局勢，發展出西晉遊仙思想，仙人所處的遠離塵寰，往往山川繚繞，遊仙詩對仙人的嚮往自然轉移於山水詩。康樂此詩，由孤嶼的聳現江中，遙想崑山仙人姿態，遂發仙人自遙遠之處來人間結緣之想，歸結避世遠禍、終養天年之意。

起首敘事，總結永嘉之遊，決意再遊江北。「懷新」、「尋異」是出發心情，「道轉迴」，空間上的不顧遙遠；「景不延」，時間上的牢牢緊抓，反映詩人急不可待心情。「景不延」同時暗示時候不早，因此，即使湍急亂流，仍艱辛橫絕直渡。皇天不負苦心人，一座孤嶼不預期地聳

〔註53〕〔明〕王夫之著、戴鴻森箋注：《薑齋詩話箋注》，頁31。

立眼前，康樂以「媚」敘寫初見之喜，陸機〈文賦〉有：「石韞玉而山輝，水懷珠而川媚」，〔註54〕康樂常以「媚」描寫山水景物，如〈登池上樓〉：「潛虯媚幽姿，飛鴻響遠音」，〈過始寧野〉：「白雲抱幽石，綠篠媚清漣」，「媚」，嬌豔、美好、可愛，轉品動詞，展現嬌豔、美好、可愛。「雲日相輝映，空水共澄鮮」，呼應「媚」，此孤嶼乍現江中的整體背景，澄澈明朗的天地中，雲霞、日影作彩輝映，襯托孤嶼的蒼翠獨絕；「雲日相輝映」承「景不延」而來，顯見時間已不早。「表靈物莫賞，蘊真誰為傳？想像崑山姿，緬邈區中緣」，以其藏有仙人顯現靈氣，「物莫賞」、「誰為傳」既言嶼之孤，亦表達此程果然尋異有得，回應「懷新」初衷。「崑山姿」、「區中緣」，遠近對比，藉由想像拉開距離，眼前孤嶼連結崑山，加添奇異。此四句賦予孤嶼仙境意涵，遊仙思想作結，自然有力。

王船山評此詩曰：「入想出句，一如皎月之脫於重雲」，〔註55〕「皎月之脫於重雲」，乃突破重重阻礙而得明朗，其為對「入想出句」的比擬，指的是康樂此詩創作心理層，「皎月脫於重雲」的當下自在明朗。結語「始信安期術，得盡養生年」的豁然開朗，為康樂此詩所欲開展的意旨；從「江南倦歷覽」的遊遍乏鮮，到「懷雜（新）道轉迥，尋異景不延」的渴盼急尋，都為孤嶼的突兀現前鋪寫驚喜；「亂流趨正絕」的驚險艱辛，隱喻出守永嘉現實環境的惡劣，方有結語避世遠禍之想；層層鋪寫的從入想到出句，皆是「重雲」。「江中孤嶼」既是歷覽倦遊後的具體奇鮮景觀，也是官場險患後的想像重生之境，是康樂再次確認可以身心安頓的美好之地，「孤」，有如王維「大漠孤煙直」的祥和絕美，「皎月」的自在朗照已不只在詩歌創作。

（三）尋仙以忘卻人間傷痛

人間傷痛何其多樣，尋仙以忘卻，清溪聳山，或襯托心情，或提

〔註54〕　《增補六臣註文選》，頁311。
〔註55〕　〔明〕王夫之：《古詩評選》，錄自《船山全書》，冊十四，頁735。

供避開塵俗紛擾的契機，且看〈登臨海嶠初發彊中作，與從弟惠連，見羊何共和之〉：

> 杪秋尋遠山，山遠行不近。與子別山阿，含酸赴修軫〔畛〕。
> 中流袂就判，欲去情不忍。顧望脰未悁，汀曲舟已隱。
> 隱汀絕望舟，鶩棹逐驚流。欲抑一生歡，並奔千里遊。日落
> 當棲薄，繫纜臨江樓。豈惟夕情斂，憶爾共淹留。
> 淹留昔時歡，復增今日歎。茲情已分慮，況迺協悲端。秋泉
> 鳴北澗，哀猿響南巒。戚戚新別心，悽悽久念攢。
> 攢念攻別心，旦發清溪陰。瞑投剡中宿，明登天姥岑。高高
> 入雲霓，還期那可尋。儻遇浮丘公，長絕子徽音。〔註56〕

此詩作於元嘉六年（公元四二九年）。康樂於元嘉五年春辭官，從建康回到故鄉始寧，《宋書·謝靈運傳》載：「靈運既東還，與族弟惠連、東海何長瑜、潁川荀雍、太山羊璿之，以文章賞會，共為山澤之游」，〔註57〕次年秋天，康樂「自始寧南山伐木開逕，直至臨海」，〔註58〕此詩即作於往臨海郡途中。詩旨在「茲情已分慮，況迺協悲端」，今昔對比下，再加上正逢秋颯，尋仙成為忘卻人間傷痛的良方。

此詩分四章。第一章，寫分離的不捨。第二章，寫別後懷念，兼憶昔日歡樂。第三章，藉秋景寫才離別的悲傷難捨。第四章，寫出發，宿後登覽天姥山，或得遇仙人不歸。

「景語」──「秋泉鳴北澗，哀猿響南巒」，具體的形象、聲響，呼應「茲情已分慮，況迺協悲端」的離人心情，後文天姥山的「高高入雲霓」，正好提供避開塵俗紛擾的契機，得不得仙已不那麼重要，若僥倖能遇，愁緒哀傷的療癒將更持久。敘事中亦有寫景，如：「杪秋尋遠山，山遠行不近」、「日落當棲薄，繫纜臨江樓」；抒情中亦有寫景，如：「隱汀絕望舟，鶩棹逐驚流」、「高高入雲霓，還期那可尋」。景物串連

〔註56〕顧紹柏：《謝靈運集校注》，頁 245。
〔註57〕〔南朝梁〕沈約：《宋書·謝靈運傳》，卷六十七，頁 859。
〔註58〕〔南朝梁〕沈約：《宋書·謝靈運傳》，卷六十七，頁 860。

情意，秋季登覽尋山，行舟送別，就此分手；「驚流」，寫水，也寫心情。
日落獨自繫纜登樓，望江而回憶升起，因此而有今昔對比，新別更增哀
戚。末尾揭曉所登遠山乃天姥山，一來尋幽，既不能「並奔千里遊」，
且成就自己的「一生歡」，謝靈運山水遊，一來是天性所好，二來的確
伴隨現實的動機。「高高入雲霓」，既實且虛，高遠飄渺，充滿遊仙想
像，既遂平生所願，又得以忘憂。

　　謝靈運山水詩於西晉遊仙思想或為翻轉，或有餘韻。尋仙未必為
出行動機，亦未必如願，然尋幽訪異，山水景物回以生生不已，心境得
以超越現實的傷感煩憂，自照朗現。

四、隨順天性歡樂山澤遊

　　《宋書・謝靈運傳》紀錄詩人對山水的天性愛好，例如：出守永
嘉，「郡有名山水，靈運素所愛好，出守既不得志，遂肆意游遨，遍歷
諸縣」；隱居始寧，「修營別業，傍山帶江，盡幽居之美。與隱士王弘
之、孔淳之等縱放為娛，有終焉之志」，〔註59〕又，「尋山陟嶺，必造
幽峻，巖嶂千里，莫不備盡」；〔註60〕即使遠赴臨川，仍是「在郡遊牧，
不異永嘉」。〔註61〕〈遊名山志〉「序」云：「山水，性之所適」，〔註62〕
對於愛好山水的天性，謝靈運竭力滿足，於其山水詩作中屢屢表態。

（一）情不自禁為自然所誘，冒險尋幽，專注觀覽

　　謝靈運對山水之熱愛，從其往往超出停留時間的不能自持可知，
登廬山是明顯例證，〈登廬山絕頂望諸嶠〉云：

　　　　山行非有期，彌遠不能輟。但欲淹昏旦，遂復經盈缺。捫壁
　　　　窺龍池，攀枝瞰乳穴。積峽忽復啟，平塗俄已閞。巒壠有合
　　　　沓，往來無蹤轍。晝夜蔽日月，冬夏共霜雪。

〔註59〕〔南朝梁〕沈約：《宋書・謝靈運傳》，卷六十七，頁850。
〔註60〕〔南朝梁〕沈約：《宋書・謝靈運傳》，卷六十七，頁860。
〔註61〕〔南朝梁〕沈約：《宋書・謝靈運傳》，卷六十七，頁860。
〔註62〕顧紹柏：《謝靈運集校注》，頁390。

此詩作於元嘉九年（公元四三二年）赴臨川途中，多事之秋，心情複雜，山行忘返，深入人煙罕至處。第五句以後寫登覽之景，「捫壁窺龍池，攀枝瞰乳穴。積峽忽復啟，平塗俄已閉。巒隴有合沓，往來無蹤轍。晝夜蔽日月，冬夏共霜雪」，先寫山壁陡峭，再寫層層山壁展呈峽谷接連不斷的風光，平坦處極少。「登廬山絕頂望諸嶠」，其結果是山巒重重疊疊、往來人跡罕見、晝夜見不到日月、山頂終年積雪，深密、寧靜，綠林白頂，一種單純、寂默的視野。

全詩收結在景物，未見抒情、說理，然起首已見流連欣喜，「山行非有期，彌遠不能輟。但欲淹昏旦，遂復經盈缺」，沒想便罷，一出發便忘路遠近，預定一日來回，卻經過月影圓缺，癡心若此。又以寧靜結束，「巒隴有合沓，往來無蹤轍。晝夜蔽日月，冬夏共霜雪」，重重疊疊，既幽深隱密，又高聳入雲，冒險精神亦非常人能及。顧紹柏謂：「此詩據三種書湊成，似仍不全」，其因在與謝靈運詩一般結構不同，然就詩意而言，仍具完整性，結語是否悟理，並不能做為唯一判準。謝靈運敬重慧遠，慧遠居廬山，曾率眾遊廬山，慧遠有〈遊廬山〉詩，中有「崇岩吐清氣，幽岫栖神迹」，寫高聳幽深一如康樂此詩所詠，登廬山而流連竟月，是否想見慧遠師其人，從此詩不得而知，然於山水，卻有一股不能自禁的熱愛，敘事、寫景中見真情。張兆勇《謝靈運集釋》云：「大謝對於自然善於取其勢，取其清美，取其幽異，而所達到的效果則是神與境會，移情與物渾然天成，這些特點本首詩亦應當之。所以即使是雜湊，亦還是大謝詩。」〔註63〕登廬山已不只是客觀描寫，其熱情亦不只是山林景物，還有主體不可自持的情意與對山水熱愛的滿足。

〈七夕詠牛女〉，真真切切地刻劃其如何為自然所誘，又如何專注觀覽，情、理在此全無露骨字眼，然情意自在字裡行間，原詩如下：

火逝首秋節，明經弦月夕。月弦光照戶，秋首風入隙。陵風

〔註63〕張兆勇：《謝靈運集釋》，頁67。

步曾岑，憑雲肆遙脈。徙倚西北庭，竦踴東南覲。紈綺無報

章，河漢有駿軛。

謝惠連亦有〈七夕詠牛女〉詩，也許此詩為二人同題競作，〔註64〕然從「陵風步曾岑，憑雲肆遙脈。徙倚西北庭，竦踴東南覲」，仍是謝靈運親臨現場的觀覽之作。而其動機僅是「月弦光照戶，秋首風入隙」的對七夕夜來到的感應，其熱愛自然景物亦由此可知。「陵風步曾岑，憑雲肆遙脈」，可知此趟登覽亦須費番腳力，「徙倚西北庭，竦踴東南覲」見其熱切尋找，康樂以一種類似童稚的《莊子》「遊」的專注投入於此次行動，人自然回應以織女、牛郎的出現，畫面停格，詩歌結束在此，船山評謝詩云「意已盡帆止，殆無剩語」，〔註65〕語言止於詩意已足，恰到好處，此詩為典型例證。

　　全詩唯有敘事、寫景，沒有抒情，沒有悟理，然足矣，讀者完全可感受康樂為自然美景所吸引的殷切尋覓、不畏寒風雨辛苦登覽的詩人身影。謝靈運詩不似唐代山水田園詩派興象以展現對禪、道的體會，倒是真真切切地刻劃其如何為自然所誘，又如何專注觀覽、尋找，西北、東南的全方位搜尋，展露的正是詩人的熱力投入，而其動機並不如一般所稱是政治失意而尋求解脫，此詩可為顯證。

　　謝靈運對山水的自發熱情，正是山水詩的精神境界建立的基礎。

（二）山澤遊之豐盛歡樂，足以養生、忘憂、克制疾病

　　謝靈運雖不能忘懷此生未能於政治上立下事功，然時時亦有鄙棄功名的表示，其方式往往是展現山水之遊的豐盛悅人，如〈往松陽始發至三洲〉：

扱淚悲越王，自崖歡魯侯。昔人帶千乘，鄙夫獲虛舟。清嘯

〔註64〕顧紹柏謂：「靈運從弟謝惠連亦有〈七夕詠牛女〉詩，其結構、情調，乃至用語，均與靈運此詩有相似之處，疑二詩為靈運、惠連同居始寧時作，具體時間蓋為元嘉六年（公元四二九年）。惠連詩顯得完整，正式詠牛女部分較長。」（顧紹柏：《謝靈運集校注》，頁244。）

〔註65〕〔明〕王夫之著、戴鴻森箋注：《薑齋詩話箋注》，頁48～49。

發城邑，泠風遽中流。熙明仲節分，悦懌陽物柔。採桑及菀柳，繽紛戲鳴鳩。靃霏承朝霽，薈蔚候夕浮。和鳴尚可樂，況我山澤遊。所憾抱疴念，培克養春道。

在此，詩人表達的是「虛舟」勝過「千乘」的自豪、喜樂。起首揭示不必以外物為憂，身外之物只求適用，如此則得輕快。「清嘯發城邑，泠風遽中流」，寫輕快出遊。

對自然景物的描寫，「熙明仲節分，悦懌陽物柔。採桑及菀柳，繽紛戲鳴鳩。靃霏承朝霽，薈蔚候夕浮。和鳴尚可樂，況我山澤遊」，整體天候雲物，在春陽下，特別柔和有光澤，透顯詩人神情的愉快。「採桑及菀柳，繽紛戲鳴鳩」的特寫鏡頭，一植一動，已是繽紛，在詩人「採」與「戲」的融入下，益顯熱鬧活潑。「靃霏承朝霽，薈蔚候夕浮」，天氣的變化，使詩意有轉折，夜裡的微雨飄灑，更添「山澤遊」的豐盛歡樂。生活雖有憾恨，卻有期待。山水之遊是謝靈運熱切所愛，即使抱病亦仍前往；反過來期望因此得以寬舒而克制減輕。身心的相互牽連如是密切，此為具體、真實的想望，更是其對山水美感無法抗拒的有力證明。山水詩的創作固然如白居易所說是抑鬱之宣洩，卻不能忽略美感的愉快所循環往復的山水之遊。

「出守永嘉時期」，謝靈運的山水遊有多樣的心情和想望。有時山水的清新使人忘憂，即使此刻凝重難解，亦能樂觀想望未來的清靜，〈東山望海〉云：

開春獻初歲，白日出悠悠。蕩志將愉樂，瞰海庶忘憂。策馬步蘭臯，緤控息椒丘。採蕙遵大薄，搴若履長洲。白華縞陽林，紫蘺曄春流。非徒不弭忘，覽物情彌遒。萱蘇始無慰，寂寞終可求。

起首點出所有景物生發的背景——初春、暖日，此時亦是出遊良辰。接著寫出遊：「蕩志將愉樂，瞰海庶忘憂」，「庶忘憂」為出遊期盼，明白表達為求抒懷而走入山水，以下景物皆在此期盼心境下觀照。原是一個初春的放暖時節，滿心歡喜出遊，內心深處卻帶著「庶忘憂」的期

盼，然而，所觸想到的都是《楚辭》裡屈原的心情。「策馬步蘭皋，緤控息椒丘。採蕙遵大薄，搴若履長洲。白華縞陽林，紫蘭曄春流」，蘭、椒、蕙、若、白華、紫蘭，皆為景物，卻也多源出《楚辭》，為屈原筆下香草，景即是情，目所見、心所感，自難排除屈原這不遇之典型的憂思，因此說：「非徒不弭忘，覽物情彌遒」。結語「萱蘇始無慰」說明情意促迫、愁緒增添到無以復加，「寂寞終可求」或為無奈表示最終能求得的是清靜無事。「寂寞」，孤獨，亦是清靜，詩人總在孤獨寂寥與清靜無事之間反覆感受「寂寞」心境，此種反覆一如「執戟亦以疲，耕稼豈云樂」（〈齋中讀書〉）、「進德智所拙，退耕力不任」（〈登池上樓〉）的掙扎，不得仕進的孤獨，退隱而耕的未能清靜，詩人此時只能自我寬慰後者之可能，如〈齋中讀書〉結語引用《莊子》人生觀：「達生幸可託」，所幸詩人最終能以超拔塵俗自勉。「覽物情彌遒」為康樂常有的心情，本詩寫景豐富，情恐怕亦更濃，即使人稱能忘憂的萱草亦然，憂思至極而翻出寬慰語「寂寞終可求」，其憑據為何？若於全詩尋找依憑，則唯有宇宙天地的自然景物，且鋪陳眼前者，如「初日芙蓉」〔註66〕的清新景語，正是詩人「寂寞終可求」的依憑。

　　謝靈運詩中景物的自然，轉化成詩人心靈對清靜自由的想望。

（三）深密山水朗現恬然本性，當下自適，以「賢」名自我貞定

　　謝靈運對於山水的尋幽索異，常常是刻意、全然的投入，於曲折、深密的山山水水中，可貴的是自我真性的朗現，〈登永嘉綠嶂山詩〉云：

> 裹糧杖輕策，懷遲上幽室。行源徑轉遠，距陸情未畢。澹瀲
> 結寒姿，團欒潤霜質。澗委水屢迷，林迴巖逾密。眷西謂初
> 月，顧東疑落日。踐夕奄昏曙，蔽翳皆周悉。〈蠱〉上貴不事，

〔註66〕王夫之評：「此則所稱『初日芙蓉』者也。」（〔明〕王夫之：《古詩評選》，錄自《船山全書》，冊十四，頁735。）

〈履〉二美貞吉。幽人常坦步，高尚邈難匹。頤阿竟何端，

寂寂寄抱一。恬如（知）既已交，繕性自此出。

起首四句敘事，「裹糧杖輕策」交代簡單裝備，從乾糧、輕杖的簡單裝
備，可確信作者對物質欲望的淡然，為後文的「寂寂」、「抱一」的決心
提高可能性；再由「行源徑轉遠，距陸情未畢」，見其愛賞山林的真性
情，為結尾的「恬如」、「繕性」提供本性確然的證明。

接著寫景，「澹瀲結寒姿，團欒潤霜質。澗委水屢迷，林迴巖逾
密」，先說水波，顯現深秋獨特姿態，再說山竹，經霜而更為堅勁；獨
特、堅勁，經詩人感受而為景物之姿，反照自身而啟發意志是極自然
的事，後文顯見呼應。詩人繼寫轉遊山水，以延續「行源徑轉遠」之
實，「澗委」、「林迴」，曲折迴繞，漸走漸遠；「水屢迷」、「巖逾密」，
顯現詩人毫無退縮，一逕向前，隨順山水而深入秘境。相較京城人事
的曲折彎繞，山水迷密讓詩人樂此不疲，「距陸情未畢」。「眷西謂初
月，顧東疑落日」，繼寫其「迷」、「密」，詩人時空錯亂，不辨方位、
日夜又何妨，山林歲月本無甲子！夜幕升起，喚醒認知的正確，滿足
地讚歎：「蔽翳皆周悉！」詩人的無悔，舉《周易》強化其志氣，「〈蠱〉
上貴不事，〈履〉二美貞吉」，用典有力。詩人以賞遊山水剖析自己心
意，深覺幽獨的宜我。末尾以《周易》的高尚美事自勉：「幽人常坦
步，高尚邈難匹。頤阿竟何端，寂寂寄抱一。恬如（知）既已交，繕
性自此出」，「頤阿」統括塵俗紛擾，「竟何端」，有何差別？幽人的坦
步，造就難以匹敵的高尚，這是詩人由對山水祕境的轉遊所體悟的「抱
一」，即使孤獨，卻合其本性，因此自然托出。詩人由幽遠之境通向
自我本性的朗現，詩歌表現至此，當是物我兩端的融合為一。王夫之
評曰：「前十二句皆賦也，後又用之為興」，〔註67〕敘事、寫景的實誠
過程，興起恬然之情，照見詩人本性，此為登覽在耳目飽餐的同時，
無形中對自我本心的回望。透過山水詩，可以了解詩人在遊山歷水過

〔註67〕〔明〕王夫之：《古詩評選》，錄自《船山全書》，冊十四，頁735。

程中，如何彌縫因現實環境而一步步偏離的本性。

　　山水除了朗現本性，往往在當下自適中，主、客相融，人情合於天道，此時情懷倚向儒家。謝靈運的仕隱反覆，顯然並未忘懷儒士修養境界的自我定位，「聖」不可攀，以「賢」肯定這樣的生命形態，〈入華子岡是麻源第三谷〉詩云：

　　　　南州實炎德，桂樹凌寒山。銅陵映碧潤〔澗〕，石磴瀉紅泉。
　　　　既枉隱淪客，亦棲肥遯賢。險逕無測度，天路非術阡。遂登
　　　　群峰首，邈若升雲煙。羽人絕髣髴，丹丘徒空筌。圖牒復摩
　　　　滅，碑版誰聞傳？莫辯百世後，安知千載前。且申獨往意，
　　　　乘月弄潺湲。恒充俄頃用，豈為古今然。

此詩作於元嘉九年（公元四三二年）冬。康樂到任臨川內史半年，遊華子岡所寫。《宋書·謝靈運傳》稱其任臨川內史，「在郡游放，不異永嘉」，棲於隱逸賢名之列，仍是康樂此時自期，然從尋仙渴望而落空，亦知其苦悶。末尾以「且申獨往意，乘月弄潺湲」意象，表達其在山水中的隨順自然、自在自適，語意已足；然，又以「恒充俄頃用，豈為古今然」之「理」為己說解，或可詮解康樂既知尋仙之不可信，遂轉念山水以為「俄頃」之趣，用暢其意。

　　「南州實炎德，桂樹凌寒山」，永嘉冬日的翠綠山景，透顯詩人出遊的愉快神情。「銅陵映碧潤〔澗〕，石磴瀉紅泉」，鮮明的眼前實景，透顯詩人的深情投入。詩人因此貞定人生抉擇：「既枉隱淪客，亦棲肥遯賢」，「隱淪」的向下沉陷，原是枉屈，於自然美景前，卻有「飛遯」的提升。兩度的回到故鄉始寧，遠離塵俗，隱逸的思想盤據心頭，詩人以「賢」肯定這樣的生命形態。「險逕無測度，天路非術阡」，人生之路或許一如眼前山徑，充滿不可知的未來，向前是必然要走的路，「遂登群峰首，邈若升雲烟」，凸顯詩人天性的冒險精神。在晉初以來的遊仙思想籠罩下，詩人興起對此思想的批判，尋仙的落空足以證明其虛妄。「莫辯百世後，安知千載前」，這是對士階層安身立命方式的信心動搖，詩意收結在現實眼前的山水之遊：「且申獨往意，乘月弄潺湲。恒充俄

頃用，豈為古今然」，從玄學的形上追求，到遊仙的破滅不可信，謝靈運專注眼前的實誠投入，以「乘月弄潺湲」的具體意象，情理兼具地點出東晉後世人對身體所在「當下」的看重。此理近於晉代郭象對《莊子》「自然」之意的強調，卻輾轉鋪陳而得，王船山因此說：「理關至極，言之曲到」，〔註68〕觀全詩鋪展，確為輾轉達此境界。

魏晉玄學將《莊子》的逍遙無待請到人世間，成為士人身心安頓的形上哲學，郭象再將《莊子》由人世間貞定當下眼前的實存情境，謝靈運山水詩是這思想的落實。

五、建德之鄉的唐音再現

（一）建德之鄉君子清塵，淳樸之音唐堯再現

山水漁樵，激起「人生誰云樂」的反思，歸結出「不屈所志」的人生指南——志在祖德清塵的承續，永嘉成為《莊子·山木》中的「建德鄉」。〈遊嶺門山〉云：

> 西京誰修政？龔汲稱良吏。君子豈定所，清塵慮不嗣。早菇建德鄉，民懷虞芮意。海岸常寥寥，空館盈清思。協以上冬月，晨遊肆所喜。千圻邈不同，萬嶺狀皆異。威摧三山峭，瀄汩兩江駛。漁舟豈安流，樵拾謝西芘。人生誰云樂？貴不屈所志。

結語「貴不屈所志」為主旨。出貶永嘉郡，究為一方太守，首先交代職守，清靜無事，因而得以肆遊，「不屈所志」方有其尊貴可談。

起首從歷史寫起，漢代大帝國的政績，龔遂、汲黯為史家稱道，一為積極作為，開倉賑濟，獎勵農桑；一為崇尚黃老，清靜無為，皆得一郡大治。後者更得武帝讚許曰：「古有社稷之臣，至如黯，近之矣」，〔註69〕康樂心中，治術顯然以清靜為上，此為其早年便縈繞心中的理想，「建德鄉」用《莊子·山木》典故，所憂者唯不能承續此高尚德行，

〔註68〕〔明〕王夫之：《古詩評選》，錄自《船山全書》，冊十四，頁742。
〔註69〕〔日本〕瀧川龜太郎：《史記會注考證·汲鄭列傳》，頁1281。

「君子豈定所，清塵慮不嗣」。「海岸常寥寥，空館盈清思」讚許永嘉民風淳樸，衙署無事，使人思慮清淨，因而得以肆意出遊。於安頓好自身職責後，心無罣礙前往山林，此本即是康樂所盼望。

然後寫出遊，「協以上冬月，晨遊肆所喜」，「協」說明天時、地利、人和，一切協暢和悅，不但清晨即得出發，且能放縱心意，無所虧欠，無所牽掛。黃節《謝康樂詩註》引陳胤倩語云：「本好遊耳，翻從政事中發端，意曲旨遠」。「千圻邈不同，萬嶺狀皆異。威摧三山峭，澗汩兩江駛」為詩中寫景句，只從大處寫山、寫水，然後帶引山林水涯生活，「漁舟豈安流，樵拾謝西芘」，漁、樵向為隱逸者代稱，「豈安流」、「謝西芘」代表生活中的常態不盡情，然，既為常態，人生豈有完全的如意？結語「貴不屈所志」，表達隱逸的心志，黃節注此詩引張山來語云：「郡原非所宜，逸才受羈，愈激其曠，故有貴不屈所志語」，「逸才受羈」表達不如意，在永嘉原是受羈束、不自由，一如漁、樵亦各有其不便。然山水雄偉，姿態萬千，其幽異出奇正可寄託此才之逸，心胸隨之曠遠，志意得以不屈。

康樂此詩從史實寫起，為自身出守永嘉卻肆意遠遊，找到一個心安理得的平衡點，雖與史載不合（《宋書》謂其「肆意遨遊，遍歷諸縣，動愈旬朔，民間聽訟，不復關懷」。），然於承續祖上之德稍可交代，所慮者唯「清塵」之不嗣，〈述祖德詩〉云：「……遙遙播清塵。清塵竟誰嗣……」，永嘉的寥寥清思可為「清塵」嗣音。

於出守永嘉，四處遨遊後，毅然離去，選擇隱居始寧，山野中自有淳樸社會、美好人情的渴盼與滿足，〈初去郡〉云：

> 彭薛裁知恥，貢公未遺榮。或可優貪競，豈足稱達生。伊余秉微尚，拙訥謝浮名。廬園當棲巖，卑位代躬耕。顧己雖自許，心跡猶未并。無庸妨〔方〕周任，有疾像長卿。畢娶類尚子，薄遊似邴生。恭承古人意，促裝反柴荊。牽絲及元興，解龜在景平。負心二十載，於今廢將迎。理棹遄還期，遵渚鶩修坰。溯溪終水涉，登嶺始山行。野曠沙岸淨，天高秋月

明。憩石挹飛泉，攀林搴落英。戰勝臞者肥，止監流歸停。

即是羲唐化，獲我擊壤聲〔情〕。

此詩作於景平元年（公元四二三年）季秋離開永嘉郡時，康樂到職一年即稱病離職返家。題目「初去郡」，表達決定離開永嘉郡是經過慎重考慮，「即是羲唐化，獲我擊壤聲〔情〕」為理想環境，而果真達到，擊壤聲中欣喜「去郡」的抉擇無誤。

起首以彭薛、貢公的不足稱「達生」，表達退隱的不易，更不必說朝廷「貪競」者，官位「達」，品格則否。以此帶出自己所秉持的一點清高品格，具體生活表現為：「拙訥謝浮名。廬園當棲巖，卑位代躬耕」，隱居在簡樸的住宅，親自耕種，無須多言，官場只是虛浮。然而，仕隱的反覆，自覺言行未能一致，再舉典範：「無庸妨〔方〕周任，有疾像長卿。畢娶類尚子，薄遊似邴生」，周任為仕進能竭力之實例，不宜於己，後三人為隱逸實例，數量加添，以增堅定信念，做成「促裝反柴荊」的行動。「恭承古人意」，此為對以上諸人清高行跡的承續，古代士階層在仕進外的另一抉擇，這是前有所承的，「意」說明了內在的渴望與決心。「負心二十載，於今廢將迎」，回想仕隱經歷以為收束，以「將迎」再起今後之行，具體展陳為：「理棹遄還期，遵渚騖修坰。溯溪終水涉，登嶺始山行。野曠沙岸淨，天高秋月明。憩石挹飛泉，攀林搴落英」，動、靜兼寫，水盡山行，迎來宇宙自然的環繞，「曠」、「高」、「淨」、「明」，是客觀描述，也將逐漸成為主觀心境。「憩石」「攀林」，「飛泉」、「落英」是六朝山水畫常有的場景，隱逸具體形象化。結語得以收束自然，「戰勝臞者肥，止監流歸停」，以「戰勝」、「止監」為艱辛過程的克服，「即是羲唐化，獲我擊壤聲〔情〕」，內心、外在澈底歸於平靜。

先以用典為事，提舉「達生」以連結此刻生命取向，直到二十二句，一路敘事，細數古人行跡，反身自己，以「秉微尚」為核心，以「恭承古人意」為轉接，促成快速整裝一事，敘述從為官到離職，以及離職後生活面貌，山行水涉、野曠天高、憩石攀林、飛泉落英，刻畫出淳樸自在、與世無爭的上古生活。今昔章法結構既在古人與自身，也在自我

的過去與如今展現。末尾感受，得到「戰勝臞者肥，止監流歸停」之
理，體悟即此平靜無爭，有如流水歸停，清澈如鏡，清楚自照，擊壤的
淳樸之音迴盪耳際，如同再現唐堯之世，此為詩人心中的政治理想，顯
現詩人不能忘懷理想社會的追尋，於山水清音中，依稀聽聞。

　　於自然山水中，詩人提振的不只是一己的精神境界，甚且是對再
造祥和社會的渴盼。

（二）歌頌無為，期盼歸返林巢

　　「無為」是謝靈運在朝為官時，抓住機會想要奏呈的理想政治，
〈從遊京口北固應詔〉詩云：

> 玉璽戒誠信，黃屋示崇高。事為名教用，道以神理超。昔聞
> 汾水游，今見塵外鑣。鳴笳發春渚，稅鑾登山椒。張組眺倒
> 景，列筵矚歸潮。遠巖映蘭薄，白日麗江皋。原隰荑綠柳，
> 墟囿散紅桃。皇心美陽澤，萬象咸光昭。顧己枉維縶，撫志
> 慚場苗。工拙各所宜，終以反林巢。曾是縈舊想，覽物奏長
> 謠。

此詩作於元嘉四年（公元四二七年）二月隨從宋文帝劉義隆遊北固山
時。「玉璽戒誠信，黃屋示崇高。事為名教用，道以神理超」，玉璽、黃
屋，是為名教所用，誠信、崇高的象徵，然為政之道，更有超越之神
理，今日所遊猶如帝堯出遊汾水，藉此帶出「無為」的期盼。在「無為」
的政治理想下，盼望各在其所，「工拙各所宜，終以反林巢」，官場之
拙，激起返回林巢的夙願。最後扣住題目「從遊」、「應詔」，總結心志：
「曾是縈舊想，覽物奏長謠」，隱居的念頭纏繞於心，藉登覽應詔之作，
祈願聖上明瞭。

　　本詩「景語」為「遠巖映蘭薄，白日麗江皋。原隰荑綠柳，墟囿
散紅桃」，然此前的「鳴笳發春渚，稅鑾登山椒。張組眺倒景，列筵矚
歸潮」敘事中有寫景，如：「春渚」、「山椒」、「倒景」、「歸潮」，做為
後文寫景的整體背景。此詩為應詔而作，應詔對象為宋文帝，所遊北

固山為險要之地,「鳴笳發春渚」,「鳴笳」是胡人軍樂,從江渚發出,「春」,一來提醒江渚的繁盛景象,而來提醒不忘警戒,國家生命氣象顯朗。「稅鑾登山椒」,顯現浩蕩隊伍,「山椒」是山頂,一來押韻,二來尖峭,三來椒紅鮮麗,「春渚」、「山椒」正顯山河錦繡。「倒景」襯托的水面無風波,「歸潮」的回返不捨離,太平生活在最前線的地方依舊,雖非漢代登泰山而封禪之壯舉,然亦是不可多得的清華歲月,這是起首「玉璽戒誠信,黃屋示崇高」的呼應,聖上教化成功的鐵證。「遠巖映蘭薄,白日麗江皋。原隰荑綠柳,墟囿散紅桃」的「景語」,具體刻劃山河之美。「蘭」為香草,叢聚而為「薄」,遠處山巖映顯叢生的蘭草;「江」的澄澈,岸邊低地草綠,白日輝照下的江和岸;這是大景。在卑濕的平地上,「綠柳」初吐嫩芽;在偏僻的村落園子裡,「紅桃」綻放布列,聖上教化之普及可見,景語促成「皇心美陽澤,萬象咸光昭」的光明現況,萬物各適其所。杜甫〈絕句二首〉之一云:「遲日江山麗,春風花草香。泥融飛燕子,沙暖睡鴛鴦」,〔註70〕以光鮮亮麗的自然色彩,呈顯萬物安恬生機,同呈對理想政治的渴盼。反思:今所見,我何功?和先祖之德相比,唯感「枉維縶」、「慙埸苗」,為結語的退場打開通關之路。第二年(永嘉五年,公元四二八年),康樂即告假離京,回故鄉始寧,以遂其「反林巢」之舊想。對山水景物的刻劃精微,足見其曾用心觀察、默默體會,更加堅定回返山林,《莊子·知北遊》:「山林與!皋壤與!使我欣欣然而樂與!」,〔註71〕歸返山林可謂適得其性。「景語」於全詩脈絡,居承上啟下關鍵,亦是龍睛之點筆,是皇恩的歌頌之「情」,亦是歸隱山林的得「理」、得「趣」反思。

　　處亂世的莫可奈何,詩人以與宇宙聲氣相通的山水詩創作,吹奏無為的政治理想,已立立人的儒家情懷終不可掩藏。

〔註70〕 〔唐〕杜甫著、〔清〕楊倫箋注:《杜詩鏡銓》,頁522。
〔註71〕 郭慶藩輯:《莊子集釋》,頁765。

六、故鄉始寧的素樸幽趣

（一）素樸即事，清曠寡欲

　　「山水」，包含營造的園林，「清曠」素樸環境，「寡欲」素樸境界，再有二三知己，則達「妙善」，「情」、「理」兼具，〈田南樹園激流植援〉云：

> 樵隱俱在山，由來事不同。不同非一事，養痾亦園中。中園屏氛雜，清曠招遠風。卜室倚北阜，啟扉面南江。激澗代汲井，插槿當列墉。群木既羅戶，眾山亦對牕。靡迤趨下田，迢遞瞰高峰。寡欲不期勞，即事罕人功。唯開蔣生徑，永懷求羊蹤。賞心不可忘，妙善冀能同。

顧紹柏以此詩大概作於景平二年（公元四二四年），依之。田南，東山舊居以南。寫實際的勞作，在勞作中觀景、體會，從「不同」而求「同」，「妙善冀能同」表達意旨，期望知心好友了解其生活目標，那就是追求「道」，且達盡善盡美。詩人心中的「妙善」是由「清曠」的園中環境所開展，題目「樹園」顯其意義。再說到擇居，依山臨水，正如《後漢書·仲長統傳》所云：「欲卜居清曠，以樂其志」，[註72] 擇居以樂其志，物、我融合，「清曠」意境再加成。且就地取材，激澗取水，插槿為籬，簡單人事操作，自食其力，「寡欲」的素樸境界是內心追求的價值，再有三兩好友共同勉勵，則為「妙善」。顧紹柏云：「詩中寫他闢園插籬，幽棲養病，盡山水之樂，屏塵世之擾。最後四句表示將只結交二三同好，作賞心之對；像蔣生那樣努力修養，達到道家提倡的物我一體的境界」，[註73] 結語四句是個人志意抒發，但「物我一體」的「妙善冀能同」境界，又是忘記塵世生死、榮辱、貴賤、善惡的道的修養，「情」、「理」兼具。王船山甚且評曰：「亦理，亦情，亦趣，逶迤而下，

〔註72〕〔南朝宋〕范曄：《後漢書》（臺北：鼎文書局，1977.9），卷四十九，頁 1644。

〔註73〕顧紹柏：《謝靈運集校注》，頁 169。

多取象外，不失圜中」，〔註74〕素樸、具體的山林勞動生活，其實質乃可近「道」。

始寧的幽趣，解決知識分子的終極關懷。

（二）聞鄉音忘羈苦，情有依靠心能通

遠遊山水的具體效果是，即使王權旁落都不必憂傷，何況其他。對先祖營造的故鄉始寧的眷戀，使情意有依靠，〈行田登海口盤嶼山〉云：

> 齊景戀遄臺，周穆厭紫宮；牛山空洒涕，瑤池實懽悰。年迫
> 願豈申，遊遠心能通。大寶不權□（疑為「輿」），況乃守畿
> 封。羈苦孰云慰，觀海藉朝風。莫辨洪波極，誰知大壑東。
> 依稀採菱歌，彷彿含嚬容。遨遊碧沙渚，遊衍丹山峰。

與〈舟向仙巖尋三皇井仙跡〉同以景物為意象作結。「大寶不權輿，況乃守畿封」是「遊遠心能通」的具體效果。何以能如此？「羈苦孰云慰，觀海藉朝風。莫辨洪波極，誰知大壑東」，視野無極的山水給出豁然的答案。謝靈運對事功的反思，往往以帝王為對象，齊景公、周穆王皆是，與自己的不遇對顯下，得以歸結出「大寶不權輿」的自我寬慰，羈守永嘉亦不為苦了，「觀海藉朝風」的平常日子，平靜不起波瀾，可比瑤池實實在在的歡樂。「莫辨洪波極，誰知大壑東」，以「莫辨」、「誰知」推擴空間的「大」與「極」。「依稀採菱歌，彷彿含嚬容」，若虛若實，然已使情意有所依靠。顯然，於謝靈運心中的幽棲隱逸，含有對先祖營造的故鄉始寧的眷戀；而先祖之德落實人間世是謝靈運心情必須撫平的另一半，爾後自在幽棲。

「出守永嘉時期」，使其心情暢適的，除了山水幽棲的美好想像，亦有故鄉的安慰，情意的依靠，使人頓覺無憂。若說《莊子》為謝靈運面對山水的形上哲學，他的落實必然非常地人間世。

〔註74〕〔明〕王夫之：《古詩評選》，錄自《船山全書》，冊十四，頁737。

七、佛法增添棲逸修行感

（一）瞿溪山僧人簡樸及清淨，實為修行樂土

空闊、怡人的自然山水與佛法牽起因緣，瞿溪山僧人的簡樸生活及此地的清淨意境，實為修行樂土，棲逸思維再添固著力量，〈過瞿溪山〔飯〕僧〉詩：

> 迎旭凌絕嶂，映泫歸淑浦。鑽燧斷山木，掩岸墐石戶。結架
> 非丹甍，藉田資宿莽。同遊息心客，曖然若可睹。清霄揚浮
> 煙，空林響法鼓。忘懷狎鷗鰷，攝生馴兕虎。望嶺眷靈鷲，
> 延心念淨土。若乘四等觀，永拔三界苦。

「望嶺眷靈鷲，延心念淨土」為本詩意旨，寫瞿溪山僧人的簡樸生活及此地的清淨意境，實為修行樂土，「眷」、「念」見其心意。

「迎旭凌絕嶂，映泫歸淑浦」，寫出發，交代時間——迎著朝陽，地點——絕壁山路；直到映著晚霞才回到水邊。接著分別從食、住及平時勤於勞動，寫此地僧人簡樸生活，康樂宛然感覺其心靈的平靜如水。「息心」，一說僧人，一說自己的感染；「曖然若可睹」，佛法隱約可見。「清霄揚浮煙，空林響法鼓。忘懷狎鷗鰷，攝生馴兕虎」，從天、地、水、山具體展陳處境氛圍，空闊、怡人，自然山水與佛法牽起因緣，棲逸思維再添固著力量。「忘懷狎鷗鰷，攝生馴兕虎」，一出自《列子》，一源於《老子》，康樂用指清淨生活，佛法連結道家，山水詩人所以自處之憑藉可感。

結語道出對佛的眷戀與感應，由前文的鋪敘及體會，自然地歸結：「望嶺眷靈鷲，延心念淨土。若乘四等觀，永拔三界苦」。承前文與佛的因緣連結：「結架非丹甍，藉田資宿莽」的簡樸生活、「同遊息心客」的氛圍感受、「清霄揚浮煙，空林響法鼓」的客觀耳目聞見、「忘懷狎鷗鰷，攝生馴兕虎」的清淨自在，「靈鷲」、「淨土」概括「過瞿溪山飯僧」感受，「若乘四等觀，永拔三界苦」總結想望與心境。山水激發入佛，觀看山水在康樂詩被賦予和生命終極性相關的近乎

「莊嚴」的意義，〔註75〕此詩可證。蕭馳以為，謝靈運是最早指出遠離人寰的山林有別於人類社會周邊，其佛教信仰亦因此連繫。康樂此詩可證，其遠離人寰而終在人寰，是實實在在的當下處境，有別於由遊仙傳統所帶引的山水欲界仙都。〔註76〕

（二）山水如實飛映眼前，足以辨析空觀妙理

精舍所在，山水如實飛映眼前，此處足以「栖息」，足以「辨析」，身心終可獲得安頓，〈石壁立招提精舍〉云：

> 四城有頓躓，三世無極已。浮歡昧眼前，沉照貫終始。壯齡
> 緩前期，頹年迫暮齒。揮霍夢幻頃，飄忽風電起。良緣迨未
> 謝，時逝不可俟。敬擬靈鷲山，尚想祇洹軌。絕溜飛庭前，
> 高林映窗裏。禪室栖空觀，講宇折〔析〕妙理。

此詩作於景平元年冬末或次年初春（公元四二四年），石壁精舍建成。看透生命的易逝，靜享精舍裡辨析佛理的愉悅充實，是康樂此詩旨意。

十一句起至末尾，寫精舍的莊嚴與清幽，正是與佛結緣、深刻觀照人生的極佳場所。靈鷲山、祇園的比擬，提升招提精舍的崇高與典範性。飛瀑、高林的物色粧點，營造寬敞、肅穆、清幽環境，「絕」與「高」使人超越現實世界的喜怒哀樂，得以「空觀」，「禪室栖空觀，講宇折〔析〕妙理」也適得其所。

從人生無盡的苦痛入手，提舉深刻觀照的通貫始末，歲月匆匆，人生易逝，轉眼便到衰頹暮年，「良緣迨未謝，時逝不可俟」，此為詩人立招提精舍之因緣。佛理之妙，足以深刻觀照、通貫始末，「空觀」人世間的苦痛與浮歡，此為精舍氛圍。招提精舍是「禪室」，是「講宇」，可比釋迦牟尼講經的祇園、靈鷲山，肅穆、莊重之意油然而生。此詩唯一寫景聯為「絕溜飛庭前，高林映窗裏」，「絕溜」是瀑布，康樂寫瀑布，多稱「飛泉」，如：「石室冠林陬，飛泉發山椒」（〈石室山〉）、「企

〔註75〕 蕭馳：《佛法與詩境》，頁30。
〔註76〕 蕭馳：《佛法與詩境》，頁23。

石挹飛泉，攀林摘葉卷」（〈從斤竹澗越嶺溪行〉）、「憩石挹飛泉，攀林
搴落英」（〈初去郡〉）、「積石竦兩溪，飛泉倒三山」（〈發歸瀨三瀑布望
二溪〉）。「飛泉」語出《楚辭‧遠遊》：「吸飛泉之微液兮，懷琬琰之華
英」，〔註77〕有含潤養神、高蹈遠遊之意，康樂此處將「飛」置於第三
字以為句眼，而稱瀑布為「絕溜」，「絕」為斷，能形成招提精舍隔絕、
超越之意象。「高林」更在瀑布絕頂處，藉景襯托招提精舍的高出凡俗。
溜為水，林在山，人間山水匯聚於此，既絕且高，超出塵表，如今一在
庭前，一入窗裡，精舍氛圍再添空靈。「一切皆空」，然，山水如實飛映
眼前，此處足以「棲息」，足以「辨析」，身心終可獲得安頓。精舍絕俗
氛圍因景而添，此詩靜謐之意藉景而增。因此，仍可視為山水詩。

　　山水與佛的連結，增添謝靈運山水詩的理趣，從中可見其精神的
超越。

八、物我各安與清賞和遊

（一）愛閑靜處、隨順自然

　　詩人赴都，卻仍表達對隱居的眷戀，心如雲高、愛閑靜處、隨順
自然，〈初至都〉云：

　　　　臥疾雲高心，愛閑宜靜處。寢憩託林石，巢穴順寒暑。

此詩作於元嘉三年（公元四二六年），文帝誅徐羨之、傅亮，徵召顏延
之為中書侍郎，謝靈運為秘書監，謝靈運暫離始寧而至京城。顧紹柏據
《北堂書鈔》謂有闕文。「巢穴順寒暑」為詩人赴都之心意，表達對隱
居的眷戀，顧紹柏謂有闕文，然仍可視為一首小詩。

　　起首以「高心」自白，亦自勉。後三句皆由此出發，悠閑、靜處、
林石寢憩，皆言隱逸，結語「巢穴順寒暑」，安居巢穴，隨順自然變化。
此詩沒有完全寫景句，「臥疾雲高心」、「寢憩託林石」見景；「巢穴順寒
暑」，更是表達與自然同步。

〔註77〕洪興祖：《楚辭補註》，頁277。

　　有時亦具體顯現「自適」的精神境界，近乎《莊子》「逍遙遊」，〈初發入南城〉云：

　　　　弄波不輟手，玩景豈停目。雖未登雲峰，且以歡水宿。

詩旨在「歡水宿」，手弄目玩為具體展現，「弄」、「玩」見水宿之「歡」。「弄波不輟手」，近寫，鬧動而充滿童稚之趣；「玩景豈停目」，推遠，空間藉以開闊，時間隨水流船行往前推移。三、四句以「雲峰」對比「水宿」，於康樂詩中登覽群山為多之外，另展水行之樂。謝靈運是真正能在山水中尋找快樂的。

　　寫景在敘事中，敘事中有抒情。張兆勇剖析說：

　　　　誠如其詩云：「弄波不輟手，玩景豈停目。雖未登雲峰，且以
　　　　歡水宿。」詩中有「玩景」一詞，表明大謝此時的這種對景
　　　　把握性情的主動性、主體性。這一點對後人影響很大。……
　　　　一直以來學者們均已感動於謝靈運這種玩景的自覺性，全身
　　　　心投入，面對物象的會心。〔註78〕

「玩景的自覺性」，是此段文字的強調，謝靈運不只一次次向讀者吐露投身山水時，主體玩景的自覺性，真正具體表現其主動親近自然景物的熱情與忘我，有如赤子一般的遊戲心情，調皮而自在自適，玩景中自有一份安定的力量。在中國文化中，「自適」是入裡且超出的精神境界，近《莊子》「逍遙遊」，謝靈運山水詩不乏這樣的情調。

（二）思古高潔，幽情自適

　　引用古人古事以表達不做官的心願，再以在野環境的美好，支持對隱逸生活的嚮往，情化為理，當下達道，雖有「幽情」而足以「自適」，〈入東道路〉云：

　　　　整駕辭金門，命旅惟詰朝。懷居顧歸雲，指塗泝行飆。屬值
　　　　清明節，榮華感和韶。陵隰繁綠杞，墟囿粲紅桃。鷰鷰翬方
　　　　雛，纖纖麥垂苗。隱軫邑里密，緬邈江海遼。滿目皆古事，

〔註78〕張兆勇：《謝靈運集釋》，頁67。

心賞貴所高。魯連謝千金，延州權去朝。行路既經見，願言
寄吟謠。

此詩作於元嘉五年（公元四二八年）春，康樂辭去朝廷秘書監、侍中，
以其不受重用，多稱疾不朝，上賜假東歸。此詩寫於東歸途中，心情愉
快，引用古人古事以表達不做官的心願。

　　起首寫整理行裝出發，時間在早晨。接著寫對故鄉的思念及趕路
的辛苦。「屬值清明節，榮華感和韶」，點出時節，正值清明，春光和
煦，心情轉為美好，腳步也慢緩下來。接著寫所見所聞之景，「陵隰繁
綠杞，墟囿粲紅桃。鷕鷕暈方雛，纖纖麥垂苗」，綠杞繁茂，紅桃鮮豔，
五彩雉雞鳴啼，纖長麥苗吐芽，對比朝廷，鄉村一片欣欣向榮。感觸於
是升起，「隱軫邑里密，緬邈江海遼」，小結村落的富饒稠密，再望向歸
途，遙遙無際。途中心裡所想為何？「滿目皆古事，心賞貴所高。魯連
謝千金，延州權去朝」，心中所繫念的盡是古事，尤其受人尊崇的古人，
如：魯連、季札，為顧全大局而拒千金、辭讓位。做官封賞是人生之
路，辭官隱退何嘗不是？魯連、季札等古人是榜樣，以詩歌紀錄此時心
情，「願言寄吟謠」，詩中有寄託，往往在用典。

　　景語從「屬值清明節，榮華感和韶」的季節轉換，便是一片美好
的鄉野。「清明」點出時節為春，「榮華」以草木生長渲染存有背景，「感
和韶」釋出主體感受——和煦美好。「陵隰繁綠杞，墟囿粲紅桃。鷕鷕
暈方雛，纖纖麥垂苗」點寫具體細節，「陵隰」、「墟囿」的低下角落、
安靜空間，綠、紅鮮明色彩爆發繁燦的生命力，「暈」、「苗」暗含五彩
與青翠；「鷕鷕」、「纖纖」，一聽覺，一視覺，「方」、「垂」的現場立即
顯像，「雛」、「麥」，一動、一植，萬物在此生生不息。中國文化向以追
求和諧為目標，鄉野和韶春景正展演宇宙的和諧，此和諧從視覺、聽覺
的主體肉身，直達心靈，為結語「不做官之願」提供美滿未來的依靠，
此依靠承古人魯連、季札等而來，典範在夙昔，非標新立異，且自有來
者追尋。

　　康樂詩中不斷以在野環境的美好支持對隱逸生活的嚮往：「山行窮

登頓，水涉盡洄沿。巖峭嶺稠疊，洲縈渚連綿。白雲抱幽石，綠篠媚清
漣。葺宇臨迴江，築觀基曾巔」(〈過始寧墅〉)、「裹糧杖輕策，懷遲上
幽室。行源徑轉遠，距陸情未畢。澹瀲結寒姿，團欒潤霜質。澗委水屢
迷，林迴巖逾密。……幽人常坦步，高尚邈難匹。」(〈登永嘉綠嶂山
詩〉)、「遠協尚子心，遙得許生忌（計）。既及冷（泠）風善，又即秋水
駛。江山共開曠，雲日相照媚。景夕群物清，對玩咸可喜。」(〈初往新
安至桐廬口〉)、「懷雜（新）道轉迴，尋異景不延。亂流趨正絕，孤嶼
媚中川。雲日相輝映，空水共澄鮮。表靈物莫賞，蘊真誰為傳？想像崑
山姿，緬邈區中緣。始信安期術，得盡養生年。」(〈登江中孤嶼〉)……。
或以山水的重疊、迂迴，展現幽靜；或以景物的曠遠、嫵媚，招人清
喜。幽靜足以掩藏痛苦，清喜足以使人展顏，前者思及《周易》，後者
想起《莊子》、「遊仙」，情化為理，雖有「幽情」而足以「自適」。

（三）物我融合而各自獨立

以審美心情面對自然，自然回應以有情欣喜，兩相融合，卻又各
安其位，〈初往新安至桐廬口〉云：

> 絺綌雖淒其，授衣尚未至。感節良已深，懷古徒役思。不有
> 千里棹，孰申百代意。遠協尚子心，遙得許生忌（計）。既及
> 冷（泠）風善，又即秋水駛。江山共開曠，雲日相照媚。景
> 夕群物清，對玩咸可喜。

由感應季節變化，興懷古之思，冀協古人遠遊之意，隨即放眼自然：
「既及冷（泠）風善，又即秋水駛。江山共開曠，雲日相照媚。景夕群
物清，對玩咸可喜」。季節轉換何以興起懷古情緒？這是六朝人的「歡
逝」所興起的生命關懷，思索生命的出路，仕途不順，此時此境，不禁
想起古人以遠遊解消悲嘆，與東漢尚長遠遊五岳、東晉許詢棲心山水
的心志遙相切合。心已動，唯有付諸行動，「不有千里棹，孰申百代意」，
出守即是出發。藉由用典，心念一轉，既能如列子御風而行，輕妙美
好；又正逢秋水快漲，行船更方便。即使黃昏，景物清麗可賞，心境滿

是歡喜。「寫景」具體呈現詩人當下心裡之「喜」，「江山共開曠，雲日相照媚」，江水、山林共同呈現一片開闊空曠之境；雲彩、日影彼此映照，明媚迷人。此二句中的「共」、「相」，從後文「景夕群物清，對玩咸可喜」判斷，應是江與山、雲與日共融之「景」，尚未有主體與客體的洽合，因此結語云：「對玩咸可喜」，所臨對而喜的，即是「江山共開曠，雲日相照媚」之景。自然的季節轉換，使詩人感節而淒其，生活突起變化，用典尋求新典範，心情轉換，再縱目望去，開闊空曠、明媚迷人，結語「景夕群物清，對玩咸可喜」總結此次自然美景的觀覽，「清」以寫群物，與康樂出發時「含情易為盈，遇物難可歇」（〈鄰里相送方山〉），已有開展。景「清」則心喜，「清」，《說文》謂：「朖也，澂水之皃」，段注：「朖者，明也，澂而後明，故云澂水之皃；引仲之凡潔曰清，凡人潔之亦曰清」；〔註79〕「澂」，同「澄」，《說文》謂：「清也」，段注：「澂之言持也，持之而後清」，〔註80〕有所持，待之靜或淨而後清。「景夕群物清」，顯然已進入主體心理層，「江山共開曠，雲日相照媚」是主體面對自然景物的抉擇，顯現心靈已從感傷而開闊寬舒。稼軒所謂「我見青山多嫵媚，料青山見我應如是」的物我相融，一般很少許予康樂，此詩物我相對，然「玩」已見投入，「喜」更表露心境，正是青山與我的相見歡。

物我融合而各自獨立，對主體而言，「憺忘歸」，安適而忘我，是自我價值在天地之間的重新肯定，也是人可以突破歷史、社會存在的限制而尋得的獨立人格。〈石壁精舍還湖中作〉云：

> 昏旦變氣候，山水含清暉。清暉能娛人，遊子憺忘歸。出谷
> 日尚早，入舟陽已微。林壑斂暝色，雲霞收夕霏。芰荷迭映
> 蔚，蒲稗相因依。披拂趨南逕，愉悅偃東扉。慮澹物自輕，
> 意愜理無違。寄言攝生客，試用此道推。

顧紹柏謂此詩為謝靈運山水詩代表作之一，恰如鮑照所云「初發芙蓉，

〔註79〕《說文解字注》，頁555。
〔註80〕《說文解字注》，頁555。

自然可愛」。其景主要在「山水含清暉」，其情主要在「遊子憺忘歸」，推得其理在「慮澹物自輕，意愜理無違」，「意愜」近「道」。回過頭思考此一近道乃由「清暉能娛人」而來，主體的適意關鍵在此。「憺忘歸」，消解心中悵恨，意識得以安寧，對於不遇之士，這是自我價值在天地之間的重新肯定。

「出谷日尚早，入舟陽已微」，題目為「石壁精舍還湖中作」，入舟即還湖時刻，陽光已微弱。柔和的光暉下，遠景為「林壑斂暝色，雲霞收夕霏」，絢爛後的平淡蒼茫；近景為「芰荷迭映蔚，蒲稗相因依」，宇宙仍舊生機一片，水中芰、荷，水邊至陸地的昌蒲、稗草，繁盛相依，彼此襯托，寫輝光漸隱的生命活躍、餘韻，物我融合而各自獨立，蒼茫天地間的生命力，在陽光已然微弱時，依然生生不息。「披拂趨南逕，愉悅偃東扉」，「披拂」，宇宙猶自生生，「偃」，臥，人之靜處，內心生機湧現；此二句敘事兼抒情，「愉悅」是偃臥東室時，對這一天的心情總結，只因石壁精舍歸返時的湖中所見，「偃」呈現自在姿態。從「憺忘歸」，歸而「愉悅」，詩人悟得其理乃「慮澹物自輕，意愜理無違」，功名富貴為過去所重，如今已輕，輕重之間取得平衡，全因「慮澹」而「意愜」。此時目中、心裡唯有蒼茫天地，及其猶自繁茂的芰荷、蒲稗，因此說「慮澹」。身心的安適，從夕陽柔光的忘歸，到返家偃臥的愉悅，鋪設一條寬廣、舒坦的人生之道，「意愜」正是此道。從「憺」到「愉悅」，再到「意愜」，「意」是心之志，有其方向，「意愜」使心之方向達於平和。謝靈運山水詩反映的是中國知識分子，即使在艱困處境，宇宙生機仍能觸動心裡的溫柔，從而再生力量。結語四句：「慮澹物自輕，意愜理無違。寄言攝生客，試用此道推」，「此道」，指「攝生」，攝，控制、抓持，引申整飭，《說文》云：「引持也」，段注：「《詩》攝以威儀」，〔註81〕引向莊重，「攝生」，導引入生命於莊重。此理能為攝生之道，莊重生命，詩人親身見證下，自然地具說服力。向來稱賞謝靈運詩的晚明學者王船山最能體

〔註81〕《說文解字注》，頁 603。

會這個特點，這是儒、道兼有的境界——「和而能遊」。

　　幽情自適，和而能遊，則外物萬狀紛雜，亦能善取而表出，〈遊赤石進帆海〉云：

　　　　首夏猶清和，芳草亦未歇。水宿淹晨暮，陰霞屢興沒。周覽倦瀛壖，況乃陵窮髮。川后時安流，天吳靜不發。揚帆采石華，挂席拾海月。溟漲無端倪，虛舟有超越。仲連輕齊組，子牟眷魏闕。矜名道不足，適己物可忽。請附任公言，終然謝天伐。

「矜名道不足，適己物可忽」為康樂此刻體會，詩亦以此為意旨。「適己」則足道全身，此為人生止境。從起首自然節候給人「清和」的宜爽觸感，再見芳草繁茂的春景未歇，詩人不設防地向大自然敞開心胸。「周覽倦瀛壖」，一「倦」字對照出後文「陵窮髮」的輕快節奏。「溟漲無端倪，虛舟有超越」，既開闊且輕快，此刻心情連結古人行誼。「仲連輕齊組，子牟眷魏闕」，一輕忽，一眷戀，康樂提出「適己」以為生命抉擇的判準。此刻悠遊赤石、躍進帆海，愜意暢懷，即是「適己」近「道」，何須矜名求道？

　　王船山評此詩云：「心不為溟溟所搖，而幽情自適，方解操管長吟」，〔註82〕「幽情自適」恐是船山一直以來對詩歌創作的藍圖刻劃（「游於藝」），其承康樂所謂「適己物可忽」而來。

　　「幽」，《說文解字》謂：「隱也」，〔註83〕「幽情」，隱微之情，情意深遠、蔽藏，卻以微小亮點緩慢變化，此微小亮點興起詩人「感」而「動」之「物」，最終達神妙效用。此效用為「自適」，即康樂詩中「適己」，使自己適意，這是一種心靈狀態，「意」不僅是情意，且須有理性的自我節制，而具道德基礎，因此是情、理的融合。〔註84〕「自適」

〔註82〕〔明〕王夫之：《古詩評選》，錄自《船山全書》，冊十四，頁734。
〔註83〕《說文解字注》，頁160。
〔註84〕顏崑陽：〈我們都可以是生活的藝術家〉，錄自《詮釋的多項視域：中國古典美學與文學批評系論》，頁113。

是一種愉悅、合理且自主的心靈狀態，「幽情自適」，情意深遠、蔽藏，卻以微小亮點緩慢變化，而達一種愉悅、合理且自主的心靈狀態，此時心靈寬舒能容，曠遠有餘。船山此評「幽情自適」，指創作主體處於自主、寬舒、愉悅的曠遠心靈，以一小小亮點化為詩歌。蕭馳以為船山是以這樣儒緩從容、暇豫不迫的內聖境界反觀詩境的高下；〔註85〕此和王國瓔以「憂」與「遊」概括康樂詩寫作原由，〔註86〕是截然不同的視角與結果。

於謝靈運詩中，「和」與「遊」的融合，以〈於南山往北山經湖中瞻眺〉最能體現：

> 朝旦發陽崖，景落憩陰峰。舍舟眺迥渚，停策倚茂松。側逕既窈窕，環洲亦玲瓏。俛視喬木杪，仰聆大壑灇。石橫水分流，林密蹊絕蹤。解作竟何感，升長皆丰容。初篁苞綠籜，新蒲含紫茸。海鷗戲春岸，天雞弄和風。撫化心無厭，覽物眷彌重。不惜去人遠，但恨莫與同。孤遊非情嘆，賞廢理誰通？

「撫化心無厭，覽物眷彌重」，對宇宙自然的變化觀看不膩，深深被吸引，甚至眷戀深重，山水景物所以一再催促著詩人上路，其因在此；「撫化」透過「覽物」而得，生機盎然，加深對隱居山水的嚮往。結語轉入無知音同賞的感傷。旨意在「不惜去人遠，但恨莫與同。孤遊非情嘆，賞廢理誰通」，抒發賞心知己何處的嘆惋之「情」。

起首「朝旦發陽崖，景落憩陰峰。舍舟眺迥渚，停策倚茂松」，以「出遊」扣住題目，止息在「倚茂松」。行步已止，耳目遂張，左右、上下，耳聽、目視，水中、山裡，「環洲」、「喬木杪」、「大壑灇」、「蹊絕蹤」，極目而止。於是興感，「解作竟何感，升長皆丰容」，豐茂的春景，興起的是「莫與同」的憾恨，此處的反襯一如李白「煙花三月下揚

〔註85〕蕭馳：《聖道與詩心》（臺北：聯經出版社，2012.8），頁31～32。

〔註86〕王國瓔：〈謝靈運山水詩中的《「憂」和「遊」》〉，《漢學研究》第五卷第一期，1987.6。

州」所表達。每一「景」皆觸動「情」，而「景」與「情」的連結是因有所「感」──「撫化心無厭，覽物眷彌重」，眼前「景物」的「變化」既是「自生自滅」，有其自然律則，遠離官場的得失、榮辱亦是相對，此時此刻，觀覽景物，眷戀更深。才安頓了身心，隨即又興起「但恨莫與同」的寂寞，詩人多感的心顯露無遺。

　　此詩寫由南山新居返回北山，也就是東山故居時，遠眺所經巫湖，所見所感。起首二句「朝旦發陽崖，景落憩陰峰」，扣住題目「於南山往北山」，寫出發與返回，恰好在日影即將落下時。「舍舟眺迴渚」表明「經湖中瞻眺」，是上了岸後「卻顧所來徑」「停策倚茂松」寫瞻眺處與姿態。以上敘事，兼寫此刻時空背景。五至十句寫景，「側逕既窈窕，環洲亦玲瓏」，先寫岸上山林小徑，再寫湖中洲渚，由近而遠，「玲瓏」，顧紹柏以為是沙洲經餘暉照射給人的透明感，依時間而言，可從；「俛視喬木杪，仰聆大壑灇」，俯、仰之間，拉大空間感，視、聽對列中，呈顯大自然的多樣，「喬木」、「大壑」具象壯美，「喬木杪」、「大壑灇」，生意盎然，感官刺激既強，心頭所觸豈不為烈！「石橫水分流，林密蹊絕蹤」，水因石橫由一而二，蹊因林密由有而無，亦處變化，且，分流只見其多，絕蹤只見其祕，具象外實有豐富蘊藏。以上以對列方式敘事、寫景，大自然處常態中已然旺盛，「解作竟何感，升長皆丰容」，以一突然的非常態──雷雨大作，再寫萬物的感應，「升長皆丰容」是結果，長高且茂盛。接著特寫具體眼前景，「初篁苞綠籜，新蒲含紫茸」，初、新的鮮嫩，苞、含的容納，綠、紫的亮彩，篁的雨後速長、蒲的隨風散生可預見，欣欣向榮，是「升長皆丰容」的鐵證；當天地處春，一片和諧時，特舉「海鷗戲春岸，天雞弄和風」，戲、弄的「遊」於天地，是海鷗、山雞所營造的鳶飛魚躍，自在自樂，萬物的和諧莫不如此，海、天廣寫兩間。然後進入抒情，「撫化心無厭，覽物眷彌重」，對大自然變化所展演的生生不息，回到自己的存在處境，詩人無厭、眷戀。結語四句：「不惜去人遠，但恨莫與同。孤遊非情嘆，賞廢理誰通」，雖嘆無人同「理」，仍是抒情，趨於

感傷，古人遠遊有其情、其理，康樂雖云「去人遠」，卻與古人契合，只是眼前知音何在？「不惜去人遠，但恨莫與同」，表達對當代的遺憾，六朝的動蕩下，康樂覓尋安頓之方，思及士階層處境，不禁感慨；結語的感傷應是為知識分子處境而發。然其起因仍在盼望分享對宇宙萬物的賞愛以及此時所處的安頓滋味，山水中的體悟是正面且積極的，「初篁苞綠籜，新蒲含紫茸。海鷗戲春岸，天雞弄和風」，由「苞」、「含」的靜態依存，到「戲」的熱鬧互動，到動靜「和」合，宇宙自然提醒可靠、迷人的祈嚮。

「自然」的意涵之一是：「無造作之心靈境界，強調精神上的自在自適，超越有限而達無限」。謝靈運山水詩於詩人感物而動情後，往往接續情感的昇華，頓悟成理。自然山水幽迴空翠，喚起抱樸之思，官場的疲累得以消解，開啟幽棲生活的美好想像，即使面對季節遞嬗，也能心生昭曠，轉憂為喜。茫茫前途中，詩人常常尋索生命立身處，即使尋仙未果，自然卻報以源源生機，足以忘卻人間傷痛，宛如新生。因此，一再的出遊成為生命的必須，情不自禁為自然所誘，冒險尋幽，專注觀覽。其遊之豐盛，越近深密山水，目擊道存，甚且朗現天性，身心安適，「無為」成為詩人的政治理想。故鄉始寧的素樸環境，尤能帶給寡欲、清曠心境，兩度隱居在此，聽聞鄉音，忘卻羈苦，情感有了依靠，心靈通透美好。此外，與僧人往來、築立精舍，簡樸及清淨在耳目、在心中，山水皆能擬想靈鷲山，揚起梵音，念思淨土，超拔羈苦的生命實存空間感。行旅、登覽，山水景物生生不息、變化不已，體物、玩物，開拓隨順自然心境，異世同調，思古益加堅定，超越生命實存時間感。「清」是詩人喜用辭，最能傳達其眼下宇宙自然與自己心靈境界，從「清旦」、「清漣」、「清暉」、「清和」、「群物清」，到「清塵」、「清思」、「清曠」，幾乎與「自然」觀同步。在心目相即的主、客交融中，宇宙自然回報以簡單、潔淨，縱有幽情，亦能自適。

第三節　謝靈運山水詩的生命美學

一、美是什麼

　　「美」是什麼？《說文解字》謂：「美，甘也，从羊人，羊在六畜主給膳也。美與善同意。」〔註87〕認為「美」是一種甘甜美好的感覺，這感覺來自羊做為膳食，當然以肥大為佳。其次，「美與善同意」，「善」，古作「譱」《說文解字》謂：「譱，吉也。……此與義美同意」，〔註88〕許慎謂「美」、「善」、「義」三字從「羊」，「羊，祥也」，是一種福祉，「福，備也。」段玉裁注：「〈祭統〉曰，賢者之祭也，必受其福，……無所不順者之謂備。」〔註89〕「羊」、「福」、「備」之間存在著怎樣的關係呢？《論語‧八佾》云：「子貢欲去告朔之餼羊，子曰：『賜也，爾愛其羊，我愛其禮。』」宋邢昺疏曰：「羊存猶以識其禮，羊亡禮遂廢。」〔註90〕「羊」與祭禮關係之大可知。羊之肥美代表祭祀之豐，賢者之所尊重，則受福而無不得順，順則得利。《說文解字》：「利，銛也，刀和然後利，从刀和省。」段注：「《毛傳》曰，鸞刀，刀有鸞者，言割中節也。〈郊特牲〉曰，割刀之用而鸞刀之貴，貴其義也，聲和而後斷也。」〔註91〕「言割中節」，「聲和而後斷」，割時「中節」則聲「和」，而後能斷而有利。《中庸》謂，喜怒哀樂「未發之謂中，發而皆中節謂之和。」〔註92〕「中節」，中其節度，無論器物之用（如：鸞刀），或人情之發用，能恰到好處則能「和」，「和也者天下之達道也」。〔註93〕「和」為通行天下最普遍的法則，喜怒哀樂固有其本，一旦顯出，能如鸞刀割時之「貴其義」，而掌握分寸，符合其本心，即是「和」。君子「和而不同」，不同流合汙，其互動親近符合初心，以「和」為期而能恰到「好」

〔註87〕　《說文解字注》，頁148。
〔註88〕　《說文解字注》，頁102。
〔註89〕　《說文解字注》，頁3。
〔註90〕　〔魏〕何晏注、〔宋〕邢昺疏：《十三經注疏‧論語》，頁29。
〔註91〕　《說文解字注》，頁180。
〔註92〕　〔漢〕鄭玄注、〔唐〕孔穎達疏：《十三經注疏‧禮記》，頁879。
〔註93〕　〔漢〕鄭玄注、〔唐〕孔穎達疏：《十三經注疏‧禮記》，頁879。

處，所以天下導向和諧美好。「和」既顯個體喜怒哀樂發抒之合宜，又顯群體互動之和諧美好。

《說文解字》云：「和，相應也。」〔註94〕「相應」，則有彼與此兩造，彼此相感知而應和。就人的主體性而言，必有另一方以為相應對象，可能為人、事、物，總稱之為處境，也就是主體以外的外在環境。人能與外在環境相應而達於合宜，必須具相當的能動性，因環境時在變化中，但人也須有相當的貞定性，以在多變的環境中得以有穩定。因此，人之情時時發用，而能順應環境，表現合宜，則生命必以美好相應。就人存主體而言，能導人道以正之賢者，舉措關乎萬民，利關萬民，其生命之美好將為大利、公利，具意義與價值。

回到「羊大」與「禮」的關係，以肥大之羊為祭禮之牲，是為慎重其事，賢者關切此事而盡心盡力，非為口腹。《禮記・樂記》云：「先王之制禮樂，人為之節。……禮節民心。」〔註95〕「禮」為對人心有所「節」，特別是人情，人情有所欲求，以禮節之，有禮則安，〔註96〕孔子所以說要「約之以禮」。《禮記・樂記》：「先王之制禮樂也，非以極口腹耳目之欲也，將以教民平好惡，而反人道之正也。」〔註97〕重視「禮」的過程，旨在節人欲以導於正，使其合宜達道，亦即能「和」。《論語・學而》曰：「禮之用，和為貴。」〔註98〕禮或許嚴謹，用之卻須從容不迫，務期和順。

因此，由「羊之肥大」，得「祭禮之順」，導向「人道之正」，祈「萬民之利」，「美」呈現一種渴求合宜達道的企盼，呈顯主體對生命的價值追求。這種價值追求須結合外在客觀因素（如：羊之肥美）及

〔註94〕《說文解字注》，頁 57。
〔註95〕〔漢〕鄭玄注、〔唐〕孔穎達疏：《禮記注疏》，頁 667。
〔註96〕〔清〕孫希旦：《禮記集解・曲禮》：「人有禮則安。」孫希旦注云：「禮所以治人情，脩仁義，尚辭讓，去爭奪，故人必有禮，然後身安而國家可保也。」（臺北：文史哲出版社，1980.10），頁 11。
〔註97〕〔漢〕鄭玄注、〔唐〕孔穎達疏：《十三經注疏・禮記》，頁 665。
〔註98〕〔魏〕何晏注、〔宋〕邢昺疏：《十三經注疏・論語》，頁 8。

內在主觀意識（如：慎重其事）而產生，達到主客融合的愉悅滿足，具
實踐性。孔子不欲子貢除去已成虛禮的餼羊，是期待能有回復鄭重其
禮之日，形式回歸實情所需，合宜而得理。「美」，離不開社會關係。

　　徐復觀析論中國藝術精神，謂道德、藝術、科學，是人類文化中
的三大支柱；中國文化，在三大支柱中，實有道德、藝術的兩大擎天支
柱。〔註99〕「美」的社會性價值滿足了道德的文化需求。然而，問題
是，如果不祈萬民之利，主體的生命價值追求會是什麼？道德的「善」
該如何追求滿足以呈顯「美」？也就是說，當祈求萬民之利以實踐合宜
達道的企盼的「美」落空時，生命價值之體現該如何？「美」的優位祈
響又將是什麼？自然思潮下的謝靈運詩歌，以自然山水為場域，體現
自在自適的逍遙之遊，每一個應感而動的當下，心、物相融，精神瞬間
超越有限，達於無限的自由，無疑地給出了「美」的答案，山水遊蔚為
風氣、山水詩開創新面貌，也開創了主體的精神境界。

　　然而，謝靈運作為六朝自然思潮下的一個個體，這樣的精神境界
和「萬民之利」的關係又是什麼？以下繼續探討。

二、「儒、道互補」的華夏美學觀

　　李澤厚提出「儒、道互補」，以莊子「人的自然化」為儒家倫常政
教的補充，在其所著《華夏美學》云：「莊子以心靈——自然欣賞的哲
學，突破又補充了儒家的人際——倫常政教的哲學。」〔註100〕當祈求
萬民之利的社會理性與個人自然情感發生矛盾時，走向對外在客觀自
然的欣賞，這是莊子哲學的作用。儒家經典《周易》教人趨吉避凶，《易
傳》從人性闡發天人關係，當外在世界無法以理性面對時，李澤厚以為
莊子哲學予以提升和補足：

　　　　莊子的「大美」既是儒家《易傳》乾卦剛健壯美的提升，又

〔註99〕　徐復觀：《中國藝術精神・自序》（臺北：台灣學生書局，1998.5），頁
　　　　　1～2。

〔註100〕　李澤厚：《華夏美學》，收在《美學三書》（合肥：安徽文藝出版社，
　　　　　　1999.1），頁310。

> 是它的極大的補足。之所以說提升，是由於莊子的「大美」
> 更高蹈地進入了那無限本體；之所以說補足，是由於莊子的
> 「大美」特別著重與主體人格理想的密切聯繫，而不同於乾
> 卦著重與外在世界關係。所以莊子的「天地有大美而不言」，
> 雖呈現為外在的客觀形態，實質卻同樣是指向那最高的「至
> 人」人格。這樣，就在追求理想人格這一層次上實現了儒道
> 互補。〔註101〕

如此形成看似客觀世界是客觀世界，主體是主體，而實際卻是「天地有
大美而不言」的客觀世界，正是主體的人格理想，物我各自獨立，卻又
是互相融合，莊子的天地大美在此充滿人間味，「人的自然化」促成了
「自然的人化」。在華夏美學中，當社會無法給出理性以實現萬民之利
時，「美」是儒、道互補而成。這在六朝的自然思潮下，尤其如此，陳
慶坤探討「六朝自然山水觀的環境美學」說：「他們是在苦難的時代裡
對人生問題的思考，與企求人生問題的解答，來自於自然山水之美，激
發他們對『美』的重視」，又說：「魏晉六朝的自然山水觀不論從創作或
審美的態度而言，是東方中國審美意識的重要內涵，只要人類還有人
性的存在這將是綿延不絕」，〔註102〕人性對自然山水的應感效用，儒、
道實無法清楚界分。

　　而客觀事物與主體的融合，常常不是理智分析的結果，往往是在
不自覺間所產生的形象直覺，朱光潛謂之「移情作用」。在其著作《談
美》中，以《莊子・秋水篇》莊子與惠子濠梁之辯：「子非魚，安知魚
之樂」，論「宇宙的人情化」曰：

> 嚴格的說，各個人都祇能直接的了解他自己，都祇能知道自
> 己處某種境地，有某種知覺，生某種情感。至於知道旁人、
> 旁物處某種境地，有某種知覺，生某種情感時，則是憑自己
> 的經驗推測出來的。……莊子看到儵魚「出遊從容」便覺得

〔註101〕李澤厚：《華夏美學》，收在《美學三書》，頁307。
〔註102〕陳慶坤：《六朝自然山水觀的環境美學》，頁11～12。

牠樂，因為他自己對於「出遊從容」的滋味是有經驗的。人
與人，人與物，都有共同之點，所以他們都有互相感通之
點。……這種「推己及物」「設身處地」的心理活動不盡是有
意的、出於理智的。〔註103〕

自己以外的種種知覺描寫與情感生發，當皆通過主體「經驗推測」這一
關。所有景物的有情描寫亦然，主體經驗成為感通的媒介，把自己所得
的感覺外射到物的本身，且「不盡是有意的、出於理智的」，朱光潛稱之
為一種自自然然的、無意識的「移情作用」。說「雲飛」、「泉躍」，說「山
鳴」、「谷應」，都是根據自己的經驗來了解外物，把自己的情感移到外物
身上去，「移情作用是和美感經驗有密切關係的」。〔註104〕因此，「美」
和個人情感的投射密切相關，只要主體在，其美感反應必與主體生命緊
密連結。方東美〈生命情調與美感〉提到，俞曲園曾於蘇州留園樂樓上
題楹云：「一部廿四史衍成古今傳奇，英雄事業，兒女情懷，都付與紅牙
檀板」，以觀戲為例，談主體生命情調與美感的關係說：「吾人逢場作戲
也可，臨場觀感也可，既來之，俱屬『當場人』，只合依韻紅牙檀板，作
吾人事業，抒吾人之情懷。一切景象可以興、可以觀，斯為美。」〔註105〕
戲劇能引人入勝，是其能引導觀戲人藉此「作吾人事業，抒吾人之情懷」，
說的也是一種「移情作用」，是由我對戲劇的聯想，亦是由戲劇引起我的
聯想，如此的往復感通，「體有盡而用無窮」，趨於無窮，因此「能表顯
吾人藝術神思之情韻」，〔註106〕進一步產生「可以興」、「可以觀」的效
果，「主體人格理想」也因此漸漸成形，「美」也因而形成。戲劇如此，
山水情境亦然，其可以興、可以觀，可以追求人格理想類此。「池塘生春
草，園柳變鳴禽」（〈登池上樓〉）、「蘋萍泛沉深，菰蒲冒清淺」（〈從斤竹
澗越嶺溪行〉）的煥然新生，「拂鱗故出沒，振鷺更澄鮮」、「仙踪不可即，

〔註103〕朱光潛：《談美》（臺北：台灣開明書店，1960），頁25。
〔註104〕朱光潛：《談美》，頁27。
〔註105〕方東美：《生生之德》（臺北：黎明文化事業公司，1982.12），頁111
　　　　 ～112。
〔註106〕方東美：《生生之德》，頁129。

活活自鳴泉」(〈舟向仙巖尋三皇井仙跡〉)的活潑通透,「苺苺蘭渚急,
藐藐苔嶺高。石室冠林陬,飛泉發山椒」(〈石室山〉)的遠離塵俗,「澹
瀲結寒姿,團欒潤霜質」(〈登永嘉綠嶂山詩〉)的經霜而堅勁,「野曠沙
岸淨,天高秋月明。憩石挹飛泉,攀林搴落英」(〈初去郡〉)的抖落凡塵、
歸於平靜,客觀景物轉為主觀心靈,達到一種精神的層次。

　　不論是「形象直覺」,或是「移情作用」,或是「作吾人事業,抒
吾人之情懷」,又或是看起來非有意、非理智,皆經「聚精會神」的過
程而得。朱光潛謂:「所謂美感經驗,其實不過是在聚精會神之中我的
情趣和物的情趣往復廻流而已。」〔註107〕「美」在「聚精會神」的自
在狀態中得到經驗,以及其中的情趣。接近自然,身處自然,觀照宇宙
萬物,心靈亦隨順開放。李澤厚以為,「人的自然化」,這在中國知識分
子是何等重要,他說:

> 對中國知識分子來說,自然不止是他們觀賞愉悅的對象,更
> 是親身生活於中的處所。……自然於人,無論是真實的自然
> 還是詩畫中的自然,總是與人的生活、情感相關聯相交通和
> 相親近的。〔註108〕

不論是創作時的實在層自然,或是創作後的語言層自然,對中國知識
分子來說,都和生活、生命情調密切相關,山水畫裡的自然因此常常是
「本色的自然」,〔註109〕山水詩裡的自然又何嘗不是呢?

　　蕭振邦教授探討「《莊子》深層自然主義」時,認為〈大宗師〉形構
了「道-自然-人」的包覆式(encompassed)系統,強調《莊子》並不
推崇親近大林丘山,也不主張避處江海一隅,但是,就人的實存感受來
看,作為生命場域的自然,是更親近而容易把握生命之「道」的。〔註110〕
因此,「生命場域的自然」與「道」便有相通或一致之處,透過山水詩歌

〔註107〕朱光潛:《談美》,頁28。
〔註108〕李澤厚:《華夏美學》,收在《美學三書》,頁311。
〔註109〕李澤厚:《華夏美學》,收在《美學三書》,頁312。
〔註110〕蕭振邦:《深層自然主義:《莊子》思想的現代詮釋》,頁353~354。

而達「自然之道」的開通美好，山水詩的創作是一條人文的自我安頓之
路。再者，「自然」能成為社群活動，蔚為思潮，其審美意識中當也有群
性的和諧祈嚮，「人」既是社會群體的一員，亦是宇宙自然的一份子，「自
然場域」的浸潤可以達到儒、道並融的精神境界。李澤厚從「慢悠悠懶
洋洋」的中國傳統牧歌圖畫，提出「人的自然化」與「自然的人化」為儒
道互補的狀態，說：

> 它既可以看作是「與物為春」、「淒然似秋」的莊子和道家，
> 人的自然化；同時也可以說，它是「風沂舞雩詠而歸」的儒
> 學，自然的人化，即外在的自然山水與內在的自然情感鄰滲
> 透，交融和積澱了社會的人際的內容。……如果沒有這種自
> 然美的補充和融入，無論在現實生活中，或是在思想情感中，
> 或是在文藝創作和欣賞中，對中國士大夫知識分子來說，那
> 該是多麼欠缺和乾枯。〔註111〕

儒道互補使中國古代知識分子的心靈得以免於欠缺和乾枯，那是因為
在「人」的主體中加入了「自然」的因素，「積澱」了社會的種種人際，
因而能表現對人生的超越態度，身心達到平衡。王船山評〈遊赤石進帆
海〉云：「心不為溟涬所搖，而幽情自適，方解操管長吟」，「幽情自適」
指創作主體處於自主、寬舒、愉悅的曠遠心靈，以一小小亮點化為詩
歌，而此亮點乃主體「心」所感知之「物」，山水詩中往往是「景語」，
因此景中含情、融理，而成創作旨意。「幽」，幽隱、積澱，創作之「心」
融合了自然，積澱人事的種種，幽隱而能超越現實的限制，而達自由自
適。「自然」這個大背景，使主體感到「適」，山水詩的美感與創作核心
呈顯在此精神境界上。宗白華以為，「詩歌是藝術中之女王」，藝術的目
的乃是在「純潔的精神的快樂」，「是一個民族精神或一個天才底自然
衝動的創作。他處處表現民族性或個性。」〔註112〕山水詩「純潔的精

〔註111〕李澤厚：《華夏美學》，收在《美學三書》，頁312～313。
〔註112〕宗白華：《宗白華全集》（合肥：安徽教育出版社，1996.9），冊一，頁
　　　　189～190。

神的快樂」不會擺離民族性。

　　徐復觀先生以為《莊子》「遊」的藝術境界，其真實內容是使人的精神得到自由解放，回復生命力，其基本條件是「無用」與「和」，以人世利害的「無用」置精神於「無何有之鄉，廣漠之野」。《莊子》所稱「遊」實為康樂詩中的「適己」，乃近「道」也。徐先生又說，當一個人沉入於藝術精神境界時，只是一個渾全的「一」，落實下來，即是「和」的極至；「和」是「遊」的積極根據，是諧和、統一，調和了一切矛盾，這是藝術最基本的性格，一切藝術作品應是世界調和的反復。〔註113〕主體在此「神凝」專一的和諧狀態，達到一種柔靜高深的精神自由，這樣的藝術精神境界，是一種圓滿具足，而又與宇宙相通感、相調和的狀態，和劉若愚所說的「閒」有相同的境界。這樣的藝術之美是「生的完成」，徐先生認為是在主體性分之內，是主體「生的完成」，亦是萬物「生的完成」，主體與「天」為徒，「和」的極至在此。〔註114〕也因其化異為同，調和矛盾，故其所強調兼有勞思光所稱「情意我」與「德性我」，〔註115〕人自然化，自然也人化，儒、道得以融通，山水詩的詩教因此有其可能。徐先生以為，此狀態下的美的觀照乃出之以直觀活動，「心從實用與分解之知中解放出來，而僅有知覺的直觀活動，這即是虛與靜的心齋，即是離形去知的坐忘。此孤立化、專一化的知覺，正是美地觀照得以成立的重要條件。」〔註116〕「虛與靜」是精神自由、美的觀照所必須。《文心雕龍‧神思》云：「是以陶鈞文思，貴在虛靜，疏瀹五藏，澡雪精神」，「虛靜」、「精神」皆強調主體心靈的淨純能容，凝神專一，黃侃曰：「文章之事，形態蕃變，條理紛紜。如令心無天游，適令萬狀相攘。故為文之術，首在治心。」〔註117〕創作心靈須能與「天」往遊，宜適其性，則外物萬狀紛雜，亦能善取而表出。謝靈運山水詩能

〔註113〕徐復觀：《中國藝術精神》，頁60～67。
〔註114〕徐復觀：《中國藝術精神》，頁69。
〔註115〕勞思光：《新編中國哲學史》（臺北：三民書局，2001.9），冊一，頁238。
〔註116〕徐復觀：《中國藝術精神》，頁75。
〔註117〕黃侃：《文心雕龍札記》，頁95。

別開生面，不能捨去超越現實、精神自由、凝神專一的「求生」過程與
最後的「生的完成」。

　　王國瓔謂：「當山水洋溢的大化流變、運行不已的生命律動，與詩
人對宇宙生命本體之道的體認相冥合時，就會引起美的感動。」〔註118〕
詩人觀照自然宇宙結果，體道悟理的同時，「美」也產生，雖不能立即
兌現萬民之利，卻能形成隱隱然美的感動，因此足以興，足以觀。而要
達到這種美的感動，不能靠知覺和概念，須憑「直覺」。其對「直覺」
的詮釋是：「『直覺』是一種不帶思維概念，而且超越現實功利的心理活
動，凡『純粹的直覺中都沒有自覺……』」，〔註119〕因此處於一種極自
由的精神狀態。這個自由的精神狀態事實上是與種種現實互動、交融、
積澱的結果，苦悶、孤獨、悲涼是必然的過程，但也同時激發「生」的
愉悅，這不只是宣情、諧理，尚且得趣。

三、謝靈運山水詩精神境界的美學依據

　　廚川白村《苦悶的象徵》謂：「無壓抑，即無生命的飛躍」，〔註120〕
「生命力受了壓抑而生的苦悶懊惱乃是文藝的根柢」，〔註121〕對於中
國古代知識分子來說，其現實苦悶的最大來源是什麼？葉太平探討中
國文學的精神世界以為，「時間」是中國古代詩人最普遍的動機和主題，
「中國詩人多表現一種時間的恐怖和悲哀」，〔註122〕謝靈運山水詩的
確也表現了對時間或由時間而衍伸的慨嘆。

　　〈晚出西射堂〉的「節往戚不淺，感來念已深」，是對「曉霜楓葉
丹，夕曛嵐氣陰」楓葉轉紅、日落暗昏的節令推遷感念深沉；〈登上戍
石鼓山詩〉的「旅人心長久，憂憂自相接」、「摘芳芳靡諼，愉樂樂不

〔註118〕王國瓔：《中國山水詩研究》，頁395。
〔註119〕王國瓔：《中國山水詩研究》，頁395。
〔註120〕〔日本〕廚川白村著、魯迅譯：《苦悶的象徵》（臺北：五南圖書公司，
　　　　2016.1），頁18。
〔註121〕〔日本〕廚川白村著、魯迅譯：《苦悶的象徵》，頁29。
〔註122〕葉太平：《中國文學的精神世界》（臺北：正中書局，1994.12），頁16。

變」，是對「日末〔沒〕澗增波，雲生嶺逾疊。白芷競新苕，綠蘋齊初葉」的感傷，夕陽下水波增層、雲霧中山嶺增疊，白芷、綠蘋爭相抽芽長葉，開春的新嫩被賦予期待卻又落空；〈道路憶山中〉的「殷勤訴危柱，慷慨命促管」，是追憶東山偃臥縱誕而憤懣，「不怨秋夕長，常苦夏日短。濯流激浮湍，息陰倚密竿」，感嘆濯流、倚竹的自適時光太短暫；〈入彭蠡湖口〉的「千念集日夜，萬感盈朝昏」，是對「春晚綠野秀」而「風潮難俱論」的一言難盡；而〈讀書齋〉更是直接對春夏的交替深嘆逝水：「春事日已歇，池塘曠幽尋。殘紅被徑墜〔隧〕，初綠襍淺深。偃仰倦芳褥，顧步憂新陰。謀春不及竟，夏物遽見侵」，於「不及」、「遽」之間嘆其匆匆。

然，謝靈運詩像這樣以感傷哀嘆作為主調或收結的，實居少數。即使感嘆乏無知音賞心，也是因山水和悅怡人，如〈於南山往北山經湖中瞻眺〉云「孤遊非情嘆，賞廢理誰通」，是因「側逕既窈窕，環洲亦玲瓏。俛視喬木杪，仰聆大壑灇。石橫水分流，林密蹊絕蹤。解作竟何感，升長皆丰容。初篁苞綠籜，新蒲含紫茸。海鷗戲春岸，天雞弄和風」的一連串看不厭的自然美景變化。廚川白村同時又說：

> 一面經驗著這樣的苦悶，一面參與著悲慘的戰鬥，向人生的
> 道路進行的時候，我們就或呻，或叫，或怨嗟，或號泣，而
> 同時也常有自己陶醉在奏凱的歡樂和讚美裡的事。這發出來
> 的聲音，就是文藝。〔註123〕

文藝創作雖是「苦悶的象徵」，但不會只有苦悶，伴隨著的是歡樂與讚美的愉悅，從苦悶中頓悟超脫。「人的自然化」使主體生命超越政教倫常的事功，在積澱的感性下，繼續昂揚的鬥志與愉快的情緒。那是一種「生」的意志，所謂：「『如何超越悲涼』卻必然要以『感受悲涼』為開端。」〔註124〕李澤厚以宗炳為例，認為：「宗炳作為佛家，儘管在哲學

〔註123〕〔日本〕廚川白村著、魯迅譯：《苦悶的象徵》，頁35。
〔註124〕顏崑陽：〈詩是智慧的燈——「詩性心靈」的特質與「詩意義」的感發〉，收在《反思批判與轉向——中國古典文學研究之路》，頁331。

理論上大講『澄懷味象』，『山水以形媚道』，但實際的心靈重點，卻在遊於山水之中的精神快樂。」〔註125〕又以蘇東坡為例云：

> 就是這個已經看透一切的蘇軾，也仍然唱著：「誰道人生無再少，門前流水尚能西！休將白髮唱黃雞」……，仍在強打精神，樂觀奮鬥。他是向儒、道的回歸，而這一回歸卻又更加托出了人生無意義的悲涼禪意。這種無意義反轉來給「人還是要活的」以一種並非消極的參悟作用，使人的心理積澱更豐富而深沉了。〔註126〕

「悲涼」是過程中極強的印記，即使向來能隨遇而安的東坡亦然，然終究得反轉而「求生」。文藝創作正是一種主體的「求生」，是充滿「生」之哲學，這樣的生命情調自然與美感緊密結合。葉太平以為，中國古代詩歌中，以「留春」、「惜春」、「悲秋」、「傷秋」為主旋律，然而它的深層正是一種深刻的人生品味，是深刻的生命情調。〔註127〕而此「深刻的人生品味」、「深刻的生命情調」是什麼？葉氏說：「中國古代生命哲學的特色得以顯示，它強調此在，重視感性，崇尚現時，珍惜生命。」〔註128〕簡單地說，中國古代民族精神是一種「生的哲學」，以「追求生」為其價值，認為蘇軾「唯江上之清風與山間之明月，耳得之而為聲，目遇之而成色……」，所熱戀的，就在當下，就在眼前，就在生活中有血有肉有形有聲的一切；人就是自然，瞬間就是永恆。〔註129〕宇宙便是個體存在的本根，個體生命的意義和價值以此為前提、為歸宿。

　　李澤厚以儒道互補的具體實現是，「自然在（1）生活（2）思想情感（3）人格這三方面都成了人的最高理想。」〔註130〕〈富春山居圖〉作者黃公望在自然中苦坐，經過長久積累後，積澱成無意識的傾發，那

〔註125〕李澤厚：《華夏美學》，收在《美學三書》，頁390。

〔註126〕李澤厚：《華夏美學》，收在《美學三書》，頁392。

〔註127〕葉太平：《中國文學的精神世界》，頁18。

〔註128〕葉太平：《中國文學的精神世界》，頁27。

〔註129〕葉太平：《中國文學的精神世界》，頁30。

〔註130〕李澤厚：《華夏美學》，收在《美學三書》，頁318～319。

是以全身心的領會，在筆墨中去同構那自然的氣勢和生命的力量。〔註131〕謝靈運長久置身山水，在生活、思想情感、人格的自然化是否透過筆墨山水詩歌而得著生命力量？其山水詩的創作如何翻轉悲涼，表現「生」之哲學？第二節的歸納可以得到答案。

然而，謝靈運的生命歷程，仍避免不了渴盼建功而致東市行刑，人格上也因此被兩極看待，隋代王通說：「謝靈運小人哉」，〔註132〕其原因何在？於〈遊嶺門山〉云：「人生誰云樂？貴不屈所志」，謝靈運理想的開通美好境界是什麼？詩中說：「西京誰修政？龔汲稱良吏。君子豈定所，清塵慮不嗣」，像漢代的龔遂和汲黯，其政績皆為史家所稱道。謝靈運是晉朝王謝貴族的後代，承繼先祖志業，完成事功，而後歸隱，此為其所嚮往的人生理想，〈述祖德詩〉謂其先祖：「遙遙播清塵。清塵竟誰嗣？」〔註133〕「清塵」貫串歷史長河，成為士階層接力的棒子。「清塵」的主要條件是「尊主隆民」，不空談，重實際作為，卻不戀棧祿位，而這僅僅是一個心志高尚的人對自我生命的看重，「貴自我」為詩歌出發，亦是生命展現核心。功成身退始終是謝靈運的理想，歷史上所推崇的盡是有此類清譽者，其祖謝玄是其一，如此「清塵」誰能承續？「竟」字自問、自愧。此詩作於第一次隱居故鄉始寧時，待時而動之意可見，元嘉三年回京任職，元嘉五年上〈勸伐河北書〉，期望「區宇一統」，〔註134〕都是實例，這也是謝靈運始終處於仕隱反覆的原因。然而，從自然山水，謝靈運為自己的精神價值找到出路，〈遊名山志並序〉云：

夫衣食，生之所資；山水，性之所適。今滯所資之累，擁其所適之性耳。俗議多云，歡足本在華堂，枕嵒漱流者乏其大志，故保其枯槁。余謂不然，君子有愛物之情，有救物之能，橫流

〔註131〕李澤厚：《華夏美學》，收在《美學三書》，頁326。

〔註132〕〔隋〕王通：《中說·卷上·事君篇》（臺北：藝文印書館，1967，影印文淵閣四庫全書本），頁15。

〔註133〕顧紹柏：《謝靈運集校注》，頁153。

〔註134〕顧紹柏：《謝靈運集校注·勸伐河北書》「注1」，頁504。

之弊，非才不治，故有屈己以濟彼。豈以名利之場，賢於清曠
之域耶！語萬乘則鼎湖有縱轡，論儲貳則嵩山有絕控。又陶朱
高揖越相，留侯願辭漢傅。推此而言，可以明矣。〔註135〕

此段文字意涵為：（1）山水乃性之所適，謝靈運選擇拋卻衣食俸祿，自適其性；（2）一般以為隱居山水者缺乏大志，謝靈運並不同意；（3）以君子自居，君子有愛物之情，亦有救物之能，遇此橫流時代，唯有委屈自己以全其性；（4）山水為清曠之域，即使帝王、儲君、將相亦嚮往之。謝靈運愛適山水，想望如其祖謝安、謝玄，於功成名就之後退隱山林，如今事功之望杳然，投入山水即使是屈己之志，亦是性之所適。因此，其用典除《周易》、《詩經》等潛合對人世而未能的儒家經典外，仍以《莊子》的道家悟理為最多。

〈行田登海口盤嶼山〉云：「年迫願豈申，遊遠心能通。」年歲已老，理想抱負豈能伸展，就讓遠遊棲逸來使心胸暢達，情、理俱陳，貞定未來之路，這樣的貞定直達結語「遨遊碧沙渚，遊衍丹山峰」，全然包覆在山水天地裡。〈齋中讀書〉云：「昔余遊京華，未嘗廢丘壑。矧迺歸山川，心跡雙寂漠。」過往在京城的日子，不曾忘記對山水的嚮往，何況如今已完全回歸山水，身心都感清淨、不受干擾，終於悟得「萬事難並歡，達生幸可託」的道理。「心跡雙寂漠」說明內外在條件的宜於天性發展與滿足，不是孤獨，而是寂靜淡清，聽其自然，時得舒展而歡樂。這是《莊子》的「達生」觀，這樣的「生」，緩慢自足，時時而有，謝靈運的生活不離山澤之遊，山水中自有其歡樂心境。蕭淑貞《魏晉山水紀遊詩文之研究》謂謝靈運〈山居賦〉「具體呈現萬物風貌與勃勃生機」，〔註136〕又謂此時主體能「感應外物之生命生機，目擊道存」。〔註137〕而這一切體悟，都在自然場域中。

〔註135〕顧紹柏：《謝靈運集校注》，頁390。

〔註136〕蕭淑貞：《魏晉山水紀遊詩文之研究》（臺北：臺灣學生書局，2009.2），頁349。

〔註137〕蕭淑貞：《魏晉山水紀遊詩文之研究》，頁424～425。

後人追隨謝公腳步，遊山歷水，精神得以超越有限者，不乏其人：

> 康樂上官去，永嘉遊石門。江亭有孤嶼，千載跡猶存。我來憩秋浦，三入桃陂源。千峰照積雪，萬壑盡啼猿。**興與謝公合，**……回作玉鏡潭，澄明洗心魂。此中得佳境，可以絕囂宣。……（李白〈與周剛清溪玉鏡潭宴別〉）〔註138〕

> 清晨振衣起，起步方池側。徘徊俯丹檻，到影見骹反。……**遙懷謝靈運，本自林泉客。**予生忽世事，不以形為役。顧彼冕弁人，冕弁非予適。（蘇軾〈富陽道中〉）〔註139〕

李白與友人餞別，遊歷秋浦桃胡陂下的玉鏡潭，聯想起的是謝靈運出貶永嘉、遊遍永嘉。特別指出其〈登江中孤嶼〉的場景，「江亭有孤嶼，千載迹猶存」，感受康樂當年對此孤嶼的撼動的，當年的撼動是：「亂流趨正絕，孤嶼媚中川。雲日相輝映，空水共澄鮮」，在雲日輝映、空水澄鮮的鮮朗天空下，在急流橫渡的費盡體力中，孤嶼以「媚」之姿突然出現眼前。李白此時「興與謝公合」，「興」，是遊興，也是遊賞後體會的情致、趣味，與《世說新語・任誕》所記王子猷雪夜訪戴的「乘興而行，興盡而返」，同屬自然思潮的脈絡，羅宗強認為這是「精神的自我滿足，是純情的。這種精神滿足一般具有詩意的特點」。〔註140〕李白以為此情致、趣味足以「澄明洗心魂」、「可以絕囂宣」，和康樂當年見孤嶼的「想像崑山姿，緬邈區中緣」，同達精神的自由。蘇軾晨起，走在富陽道中一方池塘側，懷想起謝靈運，忽生同路人之感，「林泉客」的自在與「冕弁人」的羈束相對，東坡自覺後者非其所「適」，因此，「本自林泉客」是其與謝靈運的共「適」。

或以讀者立場，書寫閱讀謝靈運山水之作後的超然感受：

> 坎井鳴蛙自一天，江山放眼更超然。情知春草池塘句，不到

〔註138〕〔唐〕李白：〈與周剛清溪玉鏡潭宴別〉，錄自《李太白詩文集》（臺北：華正書局，1979.3），中冊，卷二十，頁946。

〔註139〕〔宋〕蘇軾著、張志烈等校注：《蘇軾全集校注》（石家莊：河北人民出版社，1982），冊八，卷四十七，頁5510。

〔註140〕羅宗強：《魏晉南北朝文學思想史》，頁132。

柴煙糞火邊。〔註141〕

夫人情之嗜好，故不在乎尤物，而在乎**適意**而已。然必先得
之於心，而後寓之於物，故無物不可為樂，如謝康樂之山水，
陶彭澤之琴酒，嵇康之鍛，阮孚之屐，雖其所寓不同，亦各
適其所適也。〔註142〕

熟讀靈運詩，能令五衷一洗，白雲綠篠，湛澄趣於清漣。
〔註143〕

元好問於謝詩中，特別點出「池塘生春草」的雅極，與「柴烟糞火」的
俗常、「坎井鳴蛙」的局限人不相同。「池塘生春草」寫的是眼前景，元
好問卻以「江山放眼更超然」的體會，賦予開闊廣遠的意象，「超然」
的心胸會在放眼江山的剎那不期然地湧現，「情知」是元好問對謝靈運
「池塘生春草」放眼江山時的「超然」真情知曉。同時代的王寂則認
為，只要先得之於心的，就無物不可以為樂，這便是「適意」。謝靈運
的「適意」在山水，山水非但合適其意，且為其心情所「寓」，寄託山
水而得適意，這是謝靈運之所樂，因此自云：「山水，性之所適」。明代
陸時雍以「湛澄」之趣表達讀謝詩的感受，謂其能「令五衷一洗」，說
的也是心靈的澄澈。

　　羅宗強認為東晉時期，最為重要的文學思想，「是一種全新的審美
情趣的出現，這就是『雅』，淡雅，高雅」，且成為一種士文化。〔註144〕
淡，是自然、平常；高，是超越而有境界，指精神的自在。謝詩為人討
論的「玄理尾巴」，是其至情後的轉折頓悟，精神在此超脫，自在自適。
仍是作為第一「前」經驗的《莊子》所導引的深層自然意識，雖未必完

〔註141〕〔金〕元好問《遺山先生文集・論詩三首》，冊二，卷十四，頁205。

〔註142〕〔金〕王寂：〈三友軒記〉，錄自《叢書集成簡編・拙軒集》（臺北：
　　　　臺灣商務印書館，1966.6，影印文淵閣四庫全書本），冊114，卷五，
　　　　頁62～63。

〔註143〕〔明〕陸時雍：《詩鏡總論》，錄自丁仲祜編訂：《續歷代詩話・下》，
　　　　頁1688。

〔註144〕羅宗強：《魏晉南北朝文學思想史》，頁127。

全是《莊子》原意,然由其時代來看,無疑地是較接近郭象對《莊子》的注解,強調當下的生命原發意義。謝靈運山水詩,眼前「山水」盡是逼近生命存在本質的「意象」,是詩人當下面對生命種種困惑,所體悟的超越悲涼的人生解答。其以哲理作結,不是「拖著一條長長的玄理尾巴」,而是以開通美好的「思理」收尾。王船山謂其「宛轉屈伸以求盡其意」,「吟之使人卞躁之意消」。天性躁急的謝靈運,感應自然景物而創作,其山水詩之「意」是戰勝苦悶、寂寞、悲涼的同時,當下所體悟的光明結局。後人評謝詩如「初日芙蓉」的自然可愛(詳見第六章),在於人可自我解消種種不可解的憂愁,主體心靈終究可藉自然景物的生生與顯仁獲得安頓。

鄭毓瑜說:「時間在中國人的意識中可以說是感知空間的重要維度」,〔註145〕除了「傷春悲秋」的常態以外,時間的不覺流動,也讓身處的空間感知持續變化,詩人捉住感而有知的片刻,輸化為文字。對謝靈運來說,其多半為最後的悟理有得所觸動,在真情湧動後,精神向上提升,自在自適,飽滿著生命力,如宗白華所說:「我們的宇宙是時間率領著空間,因而成就了節奏化音樂化了的……氣韻生動」,是一種「俯仰自得」的宇宙感,認為謝靈運〈山居賦〉寫出了「網羅天地於門戶,飲吸山川於胸懷的空間意識」,〔註146〕這樣的飲吸無窮於自我的空間感,使有限的生命當下達於無限,何嘗不也呈現在其山水詩呢?從自然場域出發,在時間的變化薰習下,人性可藉環境而自然化,同時與宇宙自然之美同步。宗白華又說:

> 所以藝術意境的創成,既須得屈原的纏綿悱惻,又須得莊子
> 的超曠空靈。纏綿悱惻,才能一往情深,深入萬物的核心,
> 所謂「得其環中」。超曠空靈,才能如鏡中花,水中月,羚羊

〔註145〕鄭毓瑜:《文本風景——自我與空間的相互定義》(臺北:麥田出版社,2005.12),頁293。
〔註146〕宗白華:〈中國詩畫中所表現的空間意識〉,收入《宗白華全集》,冊二,頁423~431。

挂角，無跡可尋，所謂「超以象外」。……這不但是盛唐人的
詩境，也是宋元人的畫境。〔註147〕

對於開創山水詩新面貌的謝詩而言，屈原與莊子的「前」經驗下，於密
寫恬吟時，「得其環中」的掌握，同樣可以窺見「超以象外」的精神境
界，且越寫實，其能延伸的精神面就越加廣闊。李澤厚、劉綱紀以宗炳
提出的「暢神」為六朝審美觀，強調「藝術的重要作用在於給人以一種
精神上的解脫和怡娛」，〔註148〕謝靈運山水詩既有情感的滿足，又有
思想上的領悟，情、理兼得，也如山水畫，給人精神的解脫和怡娛，超
越有限而達無限，楊儒賓以為，王羲之〈蘭亭序〉的主旨是「情」，且
是將「情」放在自然的背景下，轉化成一種更靈敏的心靈能力，「興愁」
與「消愁」兩種相反的方向是同時可見的，這是魏晉所流行的重要議
題。〔註149〕而〈蘭亭詩〉所描述的更是永和之後新自然觀的主軸，是
一種「結合道與自然於一體的自然書寫」，〔註150〕謝靈運山水詩的精
神境界延續並符合這樣的議題與美學觀。

顏崑陽教授認為「興」義因「言位意差」，至六朝轉變而為「作
者感物起情」與「作品興象」之義。前者指「作者」對「宇宙萬物」
的感發，後者指「作品」本身的「興象」具有可以讓讀者體味不盡的
效果。〔註151〕六朝「興」義的「觸物起情」，直接對宇宙自然發出感
悟過程，放寬了視野。呂正惠教授說：「如果仔細去體會《詩經》裡
面的『興』，我們會發現，那是生機淋漓，充滿了生命的喜悅的，是
『鳶飛魚躍』式的。那是純樸的初民，對於新鮮活潑的大自然的感應。
那裏面即使有悲傷與憤怒，也是較偏向激昂熱烈，而不純只是感傷與

〔註147〕 宗白華：《宗白華全集》，冊二，頁331。
〔註148〕 李澤厚、劉綱紀：《中國美學史‧魏晉南北朝編》（合肥：安徽文藝出
版社，1999.5），下冊，頁495。
〔註149〕 楊儒賓：〈「山水」是怎麼發現的——「玄化山水」析論〉（《臺大中文
學報》第三十期，頁209～254，2009.6），頁219～223。
〔註150〕 楊儒賓：〈「山水」是怎麼發現的——「玄化山水」析論〉（《臺大中文
學報》第三十期，頁209～254，2009.6），頁225。
〔註151〕 顏崑陽：《詩比興系論》，頁106。

淒涼。」〔註 152〕謝靈運賦寫山水景物，起於對「宇宙萬物」的感發，其「興」承繼《詩經》時代初民對大自然的感應，只是《詩經》興句主題在後二句，六朝重新回到前二句對宇宙自然的感應。「人」由「社會」擴大至「宇宙」，文化的視野也隨之拓展，將宇宙自然納入士人心靈，填補空白，成為新的符碼。士階層自我覺醒不僅是社會家國一份子，亦是宇宙的一份子，天地的存在，使其由孤獨有待轉而獨立無待，以「清」自持。詩人當下體悟，沐浴自然中，精神得以提升而自適。

〔註 152〕呂正惠：〈物色論與緣情說〉，收在《抒情傳統與政治現實》，頁 19～20。

第六章　謝靈運山水詩「景語」的美感特質──對立與和諧

　　「二元對立」是源於《周易》的宇宙觀與思維模式，代表著中國人看待宇宙、人生的方式，謝靈運山水詩的「二元對立」取景技巧，在二元變止之間回環往復、展現十足的動態與張力，王船山謂之擅於「取勢」。謝詩景語往往一首詩中多種「二元對立」，於兩極間迴旋轉折、變易往復，將詩人面對自然景物的思緒、情感逐步加深，終而凝聚成全篇之「意」。其「景語」，是為詩人從宇宙自然直覺感觸的情與體悟的理而擇取示現的。然而，示現的終極理想何在呢？古人以「麗」概括稱許謝詩辭藻，「麗」作為一種大角鹿的象形，以兩相附耦的大角為外顯特徵，見有食則急於呼朋引伴、結侶而行，欣喜懇誠，當其作伴所形成的一對對大角，形成華麗、歡樂的群體。隱藏於華麗大角下的是一種發自內心的自然與隆重，凝聚在群體的同甘共享、真誠和諧，這是「鹿之性」，也是「麗」所形成的人文價值與美感。謝詩「景語」有獨立提出討論的必要。

　　晚明王夫之說：「不能作景語，又何能作情語邪？古人絕唱多景語……，而情寓其中矣。」[註1]清代王國維說：「昔人論詩詞，有景語、情語之別，不知一切景語，皆情語也。」[註2]當今學者袁行霈以為：「中國詩歌藝術的發展，從一個側面看來就是自然景物不斷意象化

〔註 1〕〔明〕王夫之著、戴鴻森箋注：《薑齋詩話箋注》，頁 92。
〔註 2〕〔清〕王國維：《人間詞話》（臺北：開明書店，1958.3），頁 47。

的過程。」〔註3〕「景語」，與「情語」相對，指主體以外能觸動情意
的客觀環境，包含人、事、物，「山水詩」以自然景物為題材，我所說
的「景語」是指描寫自然景物的語言。

第一節　前行學者觀點

一、詞藻華美的褒貶不一

　　林文月以為謝靈運詩句清麗韶秀，如：「雲日相輝映，空水共澄鮮」
（〈登江中孤嶼〉）、「時竟夕澄霽，雲歸日西馳。密林含餘清，遠峰隱半
規」（〈遊南亭〉）……，「每見兼容雄偉之美與優柔之美」，湯惠休稱「謝
詩如芙蓉出水」、鮑照稱「謝五言如初日芙蓉，自然可愛」，乃至敖陶孫
稱「謝靈運詩如東海揚帆，風日流麗」，皆指此。〔註4〕認為謝靈運詩
在遣詞上有意避免平凡簡單的辭彙，特別選用精緻繁密而鮮豔的字眼，
例如：金尊、瑤席、蘭巵、丹梯、紫苞、綠攢等，皆能從視覺上予人光
采耀目之感，鍾嶸因此謂其「富艷難蹤」。〔註5〕又以為其詩往往於名
詞上冠以鮮麗華貴的形容詞，而使原本平凡事物轉為富麗精美。再有
便是善用對仗，「其山水詩每每上句寫山，下句則寫水，而山水景物往
往於嚴密組織中一一呈現，層層推出」。〔註6〕林氏從修辭肯定謝靈運
詩詞藻的華美。

　　李雁強調「刻意的排偶語句」、「精緻的疊字重言與連綿字」、
「深奧生新的用典」為謝靈運山水詩語言特點。在「刻意的排偶語句」
方面，李雁曾統計，現存謝靈運四十多首山水詩裡，每一首都有排偶
語句，而以對句為主的作品，佔其山水詩近 40%。〔註7〕大部分的排

〔註 3〕袁行霈：《中國詩歌藝術研究》（臺北：五南圖書公司，1989.5），「原
　　　　序」，頁 2～3。
〔註 4〕林文月：《山水與古典》，頁 128～129。
〔註 5〕林文月：《山水與古典》，頁 103。
〔註 6〕林文月：《山水與古典》，頁 111。
〔註 7〕李雁：《謝靈運研究》，頁 267～268。

偶句集中在寫景與敘事，尤其寫景部分，因此，「對仗便成為描摹自然山水的最主要的藝術手法」。〔註8〕李雁又云，與陸機〈赴洛道中作〉相比，陸機在記錄行程的同時側重於抒發主觀的寂寞之情，而謝靈運則在記程中側重景物描摹，進一步則完全描摹自然景物，因而形成純寫景對仗。〔註9〕其寫景對仗類型有：時間對、空間對、時空對、扇面對。〔註10〕

　　李雁以為，謝靈運是「有目的的藝術追求」。其肯定高友工所說：「一聯對偶就為我們提供了互相對應的兩幅同時出現的畫面，而且更重要的是，對偶中的畫面具有其自身的完整性……兩行詩中的成分起著互相補充的作用，二者隔著一個空間兩相映照……」，認為如此的對偶形式，其優勢是：「並置的上下句之間跳躍性大，節奏緊湊，其銜接關係不是簡單的以事物本身發展的過程為依據，而是按照詩人的想像力和情感被特意組織和汰選出來的。」〔註11〕至於景物的對仗與情感的關係，以〈石門新營所住四面高山，迴溪石瀨，修竹茂林〉為例曰：

> 他卻是在把敘述性的「夕慮」、「朝忌」、「早聞」、「晚見」等，
> 與描述性的「曉月流」、「曛日馳」、「夕飆急」、「朝日曨」故
> 意鑲嵌拼合在一起，進而發展起一種新式對句——既不是單
> 純的記錄行為，也不是客觀地描摹景物，而是把詩人的行為
> 和外在的景物熔鑄到一起，表面上看一句之內前後倒錯，時
> 間上相互矛盾，但作者恰恰運用這種錯覺巧妙地表達出對晨
> 夕交替、時光迅疾流逝的豐富的整體性內在體驗。〔註12〕

景語對仗形成各自獨立又相互補充的畫面，同時表達了詩人的內在體驗，這和前面所說的側重景物客觀描摹恰成矛盾。李雁亦指出謝靈運詩對仗的缺失：以辭害意，如〈述祖德〉詩的「弦高犒晉師，仲連卻秦

〔註8〕　李雁：《謝靈運研究》，頁268。
〔註9〕　李雁：《謝靈運研究》，頁270。
〔註10〕　李雁：《謝靈運研究》，頁270～271。
〔註11〕　李雁：《謝靈運研究》，頁271～272。
〔註12〕　李雁：《謝靈運研究》，頁273。

軍」；又云：「過度的駢儷化傾向使謝詩在一定程度上變得機械呆版，缺乏鮮活的變化，因而加重了結構上的冗長感」。〔註13〕因此，對於謝詩的對仗，李雁也未敢大加肯定。

　　鍾優民細數歷代對謝靈運詩的評論，褒貶俱有。以為南北朝時期雖肯定其詩歌創作成績，卻仍指出其藝術上的不足，如沈約認為靈運不懂音律，鍾嶸提到謝詩「尚巧似，而逸蕩過之，頗以繁複為累」，蕭綱談到「謝客吐言天拔，出於自然，有時不拘，是其糟粕」（〈與湘東王書〉）等，皆較公允，符合靈運實際。〔註14〕宋金元時期，陳繹提出漢詩「主情」、建安詩「主意」、靈運詩「主辭」（《詩譜》），認為謝詩較漢魏詩在藝術技巧上有了極大的進步。〔註15〕然宋人對謝詩藝術亦多所貶抑，如葉夢得談到：「『初日芙渠』非人力所能為，而精彩華妙之意，自然見於造化之妙，靈運諸詩，可以當此者亦無幾。」（《石林詩話》）嚴羽認為：「建安之作，全在氣象，不可尋枝摘葉；靈運之詩，已是徹首尾成對句矣，是以不及建安也。」（《滄浪詩話》）又以為謝不如陶，是由於謝詩雕琢太過所造成，〔註16〕此延續黃庭堅所說：「爐錘之功，不遺餘力，然未能窺彭澤數仞之墻者。」〔註17〕乃至明代，雖然稱美謝靈運的還是主流，然貶斥亦不少，如謝榛《四溟詩話》稱後人專學謝詩者往往「失之餖飣」，流於堆砌文辭，了無所取；〔註18〕賀貽蓀《詩筏》以為：「康樂詩，深密有餘，疏淡不足，雖多佳句，痴重傷氣」；方東樹《昭昧詹言》謂：「讀謝詩，令人無興觀群怨之益」；汪詩韓《詩學纂聞》以為：「好用重字疊句，……凡皆嗺咂，了無生氣。至其押韻之字，雜湊牽強，尤有不可為訓者。」對於種種批評之語，鍾氏認為：「真是極盡其諷刺挖苦之能事，問題雖然提得很尖銳，但個人感情色彩太

〔註13〕　李雁：《謝靈運研究》，頁275。
〔註14〕　鍾優民：《謝靈運論稿》，頁239。
〔註15〕　鍾優民：《謝靈運論稿》，頁242。
〔註16〕　鍾優民：《謝靈運論稿》，頁242～243。
〔註17〕　鍾優民：《謝靈運論稿》，頁242。
〔註18〕　鍾優民：《謝靈運論稿》，頁243。

濃，加上舉例不當，理解片面，說理較差，自然難以令人信服。」〔註19〕鍾氏對種種批評頗不以為然，乃至近代，梁啟超指責謝靈運說：「太注重詞藻了，總有點像塗脂抹粉的佳人，把真面目藏去幾分。」（〈陶淵明之文藝及其品格〉）而胡適揚陶抑謝，一筆抹殺其在文學史上的地位，提出「其實『山水』一派應該以陶潛為開山祖師。謝靈運有意做山水詩，卻只能把自然界的景物硬裁割成駢儷的對子……。」（《白話文學史》）〔註20〕然而，不管歷代如何看待謝靈運詩歌，鍾氏深具民族情懷地說：

> 謝靈運在擴大創作題材上的傑出成績，自古以來，眾所公認。
> 他從玄言詩的重重包圍中衝殺出來，把祖國旖旎壯麗的大好
> 河山作為自己描繪的主要對象，這是一種難能可貴的創舉，
> 沾溉後人，流澤深遠。〔註21〕

描繪壯麗河山，不但是創舉，且深遠地影響後世，是鍾優民對謝靈運山水詩最大的肯定，而這也是奠定其文學史地位的最重要因素。

　　葉笑雪認為，東晉以前的詩，沒有把山水作為主要的題材，寫景的技巧極不發達。到了靈運的手裡，才自覺地意識到，要把美妙的山光水色恰如原樣的搬到詩裏，把詩寫得如畫，寫得逼真，因此得大大革新和提高詩的寫作技術，此即〈物色篇〉所說：「情必極貌以寫物，辭必窮力而追新」。〔註22〕

　　顧紹柏歸納謝靈運山水詩特點為：（一）情、景、意融為一體；（二）清麗自然；（三）境界開闊。於「清麗自然」上，認為謝靈運有些詩確實露出雕琢痕跡，但多數都能做到於雕琢中求自然，同意明王世貞《藝苑卮言》所說：「琢磨之極，妙亦自然。」認為：「文學想要獲得獨立地位，就必須創造鮮明可感的形象，要創造這樣的形象，就必須講求技

〔註19〕　鍾優民：《謝靈運論稿》，頁 245〜246。
〔註20〕　鍾優民：《謝靈運論稿》，頁 247。
〔註21〕　鍾優民：《謝靈運論稿》，頁 255。
〔註22〕　葉笑雪：《謝靈運詩選‧前言》，頁 15。

巧，努力避免直白直露」，因此，雕琢是必要的，也是進步的。顧氏云：
「靈運以整個身心投入大自然，一方面，他盡量捕捉山水景物的客觀
美，另一方面，客觀美的多樣性反過來促使他不斷探索新的表現方法，
創造新的語彙」，「以雕琢求自然，不僅使其創作了一些名篇，更得到了
很多足以垂範後世的佳句，雖以對偶的形式出現，卻沒有拼湊的痕跡。」
〔註 23〕顧氏統整其山水詩的表現特色，然究為注本，難以凸顯其景語
形貌。

二、景語與情理

　　李直方〈「莊老告退而山水方滋」辨〉云：

> 近人黃節稱謝詩「每寓本事，說山水，則芭名理。」（謝康樂
> 詩注自序）不過大謝詩中，「理」與「景」往往截然分割為兩
> 部，試以遊赤石進帆海為例：……。這首詩由起句至「虛舟
> 有超越」為寫景部份，自「仲連輕齊組」至末為說理部份。
> 康樂的詩，時常守著這規律，不免呆板一些，未能達到王維、
> 孟浩然融理入景的高妙境界。〔註 24〕

雖是評其章法，卻在「景語」上有誤解。章法容或可分析其寫景、抒
情、說理，然謂其「不免呆板一些，未能達到王維、孟浩然融理入景的
高妙境界」，以開創之山水詩與後代鼎盛巔峰相比，對謝詩並不公平，
且於景語意涵應可再探討。

　　劉明昌以「如實生動的自然美」肯定謝詩語言，認為謝詩著重各
種感官的直接感受，「親臨其境」、「仔細觀察」、「默默體會」是關
鍵，劉氏謂之「客觀寫實態度」。〔註 25〕因此在自然景物的動、靜、
聲、色描繪，得以真實生動。〔註 26〕

　　張兆勇在其名為「哪裡是箋述大謝的問題域」的「序」裡說：

〔註 23〕顧紹柏：《謝靈運集校注‧前言》，頁 21～23。
〔註 24〕李直方：《漢魏六朝詩論稿》（香港：龍門書店，1967.12），頁 62。
〔註 25〕劉明昌：《謝靈運山水詩藝術美探微》，頁 98。
〔註 26〕劉明昌：《謝靈運山水詩藝術美探微》，頁 94。

> 玄言詩與山水詩的關係一直為學人所關注，本箋述力求個案
> 考察大謝山水詩與其玄學思想間的關係，從而指出它們之間
> 的內在性。〔註27〕

「山水詩」接續玄言詩，開創新的詩歌面貌，但山水與玄理必然仍有諸
多的重疊與融合，張氏致力考察謝靈運山水詩與其玄學思想間的關係，
其箋注的最終目的為「力求還原大謝詩的歷史價值與玄學意蘊」，此對
其詩作有一定深刻意義。並且指證，大謝作為一代山水宗師，在「天人
合一」這個根本的深層文化觀上的地位與意義，從而定位其山水詩價
值以及其對早期山水詩的理論建構及實踐意義。然山水詩既以自然景
物的刻畫為其特色，論其玄學思想，不可忽略的是「景語」的玄理內
涵，張氏卻未必然如此。如箋注〈晚出西射堂〉云：

> 本詩詩人是從總體大勢上總括步出西城門遙望所及，完整敘
> 述了自己怎樣回到賞心的一個心理過程。……詩人發現世界
> 雖在變化，但其魅力仍在於「戀舊」、「懷故」、「含情」，
> 世界萬化以返而呈其賞心。……〔註28〕

「戀舊」、「懷故」、「含情」皆非景語，謝詩之「理」往往由山水激發，
因此，欲掌握其詩中之「理」，有再探討其景語之需要。

李運富極力讚揚謝靈運大量發覺自然之美：

> ……真正掃蕩玄言詩，開創整個詩壇清新明麗風格的還是謝
> 靈運。……可以說，謝靈運是我國第一個大量發覺自然美，
> 自覺地以山水景物為主要審美對象的文學家。他的山水詩往
> 往將情、景、意融為一體，境界開闊，清新自然，對後世影
> 響很大，受到歷代評論家的高度讚揚。〔註29〕

李氏於謝詩，強調其對山水景物的發掘與描寫，且開創清新明麗風格。
其景物與情、意融為一體，並不如有些學者所說「景」與「理」、「情」

〔註27〕　張兆勇：《謝靈運集箋釋‧序》，頁1。
〔註28〕　張兆勇：《謝靈運集箋釋》，頁16～17。
〔註29〕　李運富：《謝靈運集‧前言》，頁2。

截然分割，或以「景」為客觀描寫。這樣的論述基本上概括了謝靈運山水詩的文學史定位，至於此書以一般讀者為對象，著重於校注，於山水景語在全詩如何融情點意，則不涉及。

顧紹柏則謂：「有些評論家認為，靈運山水詩多數都不能做到情景交融，我的看法剛好與此相反，在他的詩中找不到與任何情無關的所謂純客觀描繪。」顧氏以為，謝詩很多看似客觀描繪，實際上詩人情感已從字裡行間自然滲出，此即寓情於景，或謂情從景出，王夫之對謝靈運詩備加推崇，正是因為靈運詩符合其所力主的「情景交融」說。〔註30〕

謝靈運山水詩之「景語」與情理的關係如何？「景語」如何能寓託情理？「景語」有再爬梳、深探之必要。

三、取材廣窄

鍾優民讀白居易〈與元九書〉所說「康樂之奧博，多溺於山水」，認為對謝靈運藝術創作的局限有其中肯批評，謝詩與現實結合不密切，取材不廣泛，是美中不足的地方。〔註31〕顧紹柏則有不同的看法，他說：

> 謝靈運詩既有精雕細刻，又有大開大闔。他善於運用長鏡頭，將廣大空間攝入畫面，力爭在有限的篇幅裡包容萬千氣象，所謂「大必籠天海，細不遺草樹」（唐白居易〈讀謝靈運詩〉）。
>
> 因此，他的詩顯得意境悠遠，氣魄恢宏，於清麗中見豪放。

引用的也是白居易的說法，卻有截然不同的感受，顧氏舉例說：

> 靈運遊嶺門山，所看到的是「千圻邈不同，萬嶺狀皆異」（遊嶺門山）的宏觀奇景，而不是嶺門山的某個局部。他由建康乘船溯江而上至彭蠡湖口，用大跨度寫法將千里所見江景濃縮於「洲島驟迴合，圻岸屢崩奔」二句之中。……〔註32〕

〔註30〕 顧紹柏：《謝靈運集校注・前言》，頁19～20。
〔註31〕 鍾優民：《謝靈運論稿》，頁240～241。
〔註32〕 顧紹柏：《謝靈運集校注・前言》，頁23～24。

認為謝靈運除了視覺，也訴諸其他感官，並充分發揮想像力，突破時、空限制，將讀者帶到廣闊、渺遠的天地，歸結出謝詩有「境界開闊」的特點。

　　「山水」究竟逆縮了謝靈運的眼界，還是開闊了他的境界？從他所勾勒的山水形貌，能否給出其審美態度？

四、靜態與動態

　　孫康宜探討中國古典詩歌中「抒情與描寫」的關係，以為謝靈運並非將偶然碰上的景觀一個接一個地推給讀者，而是試圖用某種高度「描寫」的方式，去捕捉自己的瞬間印象，再審慎地選擇和組織他的印象，其詩歌藝術是一種審美實踐，其特色為：

> 謝詩中的風景描寫，可以稱作「同時的描寫」（synchronic description）。他最成功地傳達了中國人的一種認識——世間一切事物都是並列而互補的。明顯不同於實際旅行的向前運動，謝靈運在其詩中將自己對於山水風光的視覺印象平衡化了。〔註33〕

提出「同時的描寫」作為謝詩景語書寫特色。認為從謝詩中，「一切事物都被當作對立的相關物看待而加以並置」，無論其間差異多大，他們都必然是同時發生的。至於謝靈運如此並置對比之物的目的是為打破連續時間的正常秩序，營造一種充實而完滿的幻影，強化「宇宙係由各種各樣成雙作對的客體所構成」的基本觀念。因此，孫氏從謝詩中提舉「對應」法則，認為是宇宙間天生的法則，也正是中國傳統宇宙哲學的一種反映。「同時的描寫」的「對應」法則發展出詩歌中的特有形式：

> 中國人認為「對應」（parallelism）是宇宙間天生的法則。詩人試圖發現存在於自然界中的對立關係，以便將這些對立關係組織起來，鑄造為詩中的「對仗」。〔註34〕

〔註33〕孫康宜：《抒情與描寫》（臺北：允晨文化公司，2001.9），頁79。
〔註34〕孫康宜：《抒情與描寫》，頁80。

謝詩擅以對仗描寫景物，其效用是：「漂亮地表達中國人的生活精神意識」，認為在他的詩中，平行並置的山水風光和自然生長物的宇宙意義之間，有著驚人的聯繫，而這正是中國人極其重要的信仰。孫氏以謝詩〈於南山往北山經湖中瞻眺〉為例，認為詩中「解作竟何感，升長皆丰容」的繁茂植物景象，展現謝詩景物描寫的關鍵，此關鍵是自《易經》以來所強調的蓬勃生命力。其後的「初篁苞綠籜，新蒲含紫茸。海鷗戲春岸，天雞弄和風」，運用「對應」的方法，有力地再造了這一傳統概念。因此，詩中景物平行並置的「對應」法則是最重要的安排，且近於「道」。他說：

> 通過詩中的平行並置，謝靈運已將一種哲學態度轉變為審美經驗。因為那種萬物遵循「道」而生長期中的和諧世界，同時也是最美麗的。在謝靈運手裡，「自然」變成了一連串迷人的景觀，永遠裝飾著鮮明的色彩（例如「綠籜」、「紫茸」）。正是在這圖畫般的山水描寫中，詩人的描寫激情才得到了最好的表達。〔註35〕

孫氏認為謝靈運心中所體會的宇宙蓬勃生命力之「道」，化作眼前種種平行並置的迷人景觀，色彩鮮明地呈顯一個和諧世界。從謝靈運詩用典的集中，的確可歸納出其臨對山水的心理常態，景物觀賞與描寫立基在此心理常態。孫氏總結地說：

> 「對應」的方法從根本上來說是選擇而不是羅列。……謝靈運對「對應」法則的嫻熟運用，使他的風景描寫充滿了生機。……謝靈運的山水詩裡，對仗技法和逼真描寫的相互關係是最重要的。〔註36〕

在此，孫氏提出「同時描寫」的「對應」法則，是經過詩人的「選擇」而平行並置，其對應方式亦是「對立」，此方式與法則是否普遍存在謝靈運山水詩中？詩人種種充滿生機的描寫，其終極關懷又是什麼？中

〔註35〕 孫康宜：《抒情與描寫》，頁82～83。
〔註36〕 孫康宜：《抒情與描寫》，頁83～84。

國古典文化美學能否給出合理合情的答案？

　　顧紹柏並不特別有什麼名稱，認為：

> 他經常變動取景角度，從不肯固守一個視點，一重透視。「近
> 澗涓密石，遠山映疎木」（〈過白岸亭〉），「隱畛邑里密，
> 緬邈江海遼」（〈入東道路〉），由近及遠，濃淡有致。「莓
> 莓蘭渚急，藐藐苔嶺高」（〈石室山〉），「俯濯石下潭，
> 仰看條上猿」（〈石門新營所住四面高山，迴溪石瀨，修竹
> 茂林〉），由高及低，俯仰結合。〔註37〕

「由近及遠」、「由高及低」，顧氏用對反的語詞概括謝詩的取景，採取
漸進式的動態敘述，與孫氏所提出的平行並置並不相同。謝靈運山水
詩有其遊覽的事實，其景語是動態地循著遊覽路線表出，抑或是如孫
氏所說的選擇與並置？其「景語」動靜之間的呈顯如何，有再探討之空
間，其方法唯有進入山水詩的描寫並逐步爬梳。

　　綜合以上學者對謝詩的自然景物描寫，可得以下結果：

1. 學者以其詞藻為探討對象，雖多就詩人所刻劃之自然景物立
   言，並不特別強調「景語」，於山水詩有單獨提出探討之必要。

2. 於謝詩語詞有雕琢與自然之說，古人如何評述謝詩文辭？

3. 謝詩「景語」與情、理的關係為何？「景語」如何即是「情語」，
   乃至「理語」？

4. 學者一致肯定謝詩對仗之密，其研究多從修辭與聲律進行分
   析，有進一步探討者，如：孫氏「對應」之說與顧氏的漸進之
   說，指出了謝詩寫景的技巧，論述謝詩所展現的活潑生機，然
   是否可尋出更明確的景語對列方式？其「選擇」的考量為何？
   晚明王船山謂謝詩「極變而善止」、擅於「取勢」，於謝詩「景
   語」動靜呈顯能否給出合理合情的思考？又能否據此探討謝詩
   景語取材的廣窄？

〔註37〕顧紹柏：《謝靈運集校注・前言》，頁24。

第二節　謝靈運山水詩「景語」特色

一、古代典籍批評

　　學者一致認為，山水詩與辭賦的創作技巧密不可分，其寫作形式取借辭賦「體物而瀏亮」甚多。〔註38〕《文心雕龍・詮賦》云：「物以情觀，故詞必巧麗。」〔註39〕大抵古人亦以「麗」稱許謝詩辭藻。

　　六朝重視華美語言，鍾嶸《詩品》於康樂詩之典麗尤加讚賞：

> 元嘉中，有謝靈運，才高詞盛，富艷難蹤。〔註40〕
> 其（謝靈運）原出於陳思，雜有景陽之體。故尚巧似，而逸蕩過之，頗以繁富為累。嶸謂若人興多才高，寓目輒書，內無乏思，外無遺物，其繁富宜哉！然名章迴句，處處間起，麗典新聲，絡繹奔會……。〔註41〕

「詞盛」、「繁富」、「麗典新聲」，皆言其辭藻豐盛。「麗典新聲」，華麗典故、創新語詞，「絡繹奔會」言其新、舊用語穿插接續之繁富。鍾嶸以為，若此「繁富」乃出於「興多才高，寓目輒書」，則宜。從心理層所述，「興」，起情，康樂創作之「興」深受唐人肯定。〔註42〕「富艷」，豐富華美，由「才高詞盛」而有的豐富華美，其所涵蓋當有文辭層次。康樂詩之辭藻典麗乃符應六朝華美文風，《文心雕龍》〈時序篇〉云：「顏、謝重葉以鳳采」，〔註43〕重、鳳皆是肯定其文采之繁富美麗。南

〔註38〕　如高莉芬：〈賦對謝靈運山水詩創作技巧之影響〉，收入《第三屆中國詩學會議論文集：魏晉南北朝詩學》（彰化：國立彰化師大國文系，1996.11），頁27～62；蕭馳：《玄智與詩興》（臺北：大安出版社，2011.8）。

〔註39〕　〔南朝梁〕劉勰著、周振甫：《文心雕龍注釋》，頁138。

〔註40〕　〔南朝梁〕鍾嶸著，陳延傑注：《詩品注》，「序」，頁3。

〔註41〕　〔南朝梁〕鍾嶸著，陳延傑注：《詩品注》，卷上，頁17。

〔註42〕　李白〈與周剛清溪玉鏡潭宴別〉有：「興與謝公合，文因周子論」（〔唐〕李白著、王琦輯注：《李太白全集・中》，卷二十，頁946），杜甫〈送裴二虬作尉永嘉〉有：「故人官就此，絕境與誰同」（〔唐〕杜甫著、楊倫箋注：《杜詩鏡銓（上）》，卷二，頁52。），兩大詩人不約而同地在遊覽永嘉時懷想康樂當年之「興」。

〔註43〕　〔南朝梁〕劉勰著，周振甫注：《文心雕龍注釋・時序》，頁816。

朝兩大文學批評家對謝靈運詩的批評，不約而同的都著重在其語言，「才高詞盛，富艷難蹤」、「重葉以鳳采」為其特色。鍾嶸欣喜「理過其辭，淡乎寡味」而致「建安風力」盡失的玄言詩後，謝靈運以其才高，用豐盛的辭藻，造就了五言詩的盛況，因此說：「謝客為元嘉之雄，顏延年為輔；斯皆五言之冠冕，文詞之命世也。」〔註 44〕劉勰也以「鳳采」讚頌顏、謝兩家幾代的文采，接續「詩必柱下之旨歸，賦乃漆園之義疏」的「貴玄」風氣。〔註 45〕正如劉勰所言，這是「文變染乎世情，興廢繫乎時序」的必然結果。

《南齊書·文學傳論》云：

今之文章，作者雖眾，總而為論，略有三體。一則啟心閑繹，託辭華曠，雖存巧綺，終致迂回，宜登公宴，……典正可採，酷不入情。此體之源，出靈運而成也。〔註 46〕

「託辭華曠」、「巧綺」、「典正可採」，皆指辭藻的華美典麗，這種文字表現乃源自謝靈運而成。袁行霈以為，魏晉詩歌上承漢詩，詩風古樸；南朝詩歌則開始追求聲色，而這種詩歌藝術轉變，開始於陶謝的差異。〔註 47〕晉代以後，貴遊風氣盛行，《文選》因此有「遊覽」一類，「追求聲色」源自山水的實景觸目。葉嘉瑩〈從元遺山論詩絕句談謝靈運與柳宗元的詩與人〉一文，以為「謝客風容映古今」，「風容」二字含意分別是：「容」，容貌、姿容，引申指詩歌從外表文字所表現出來的一種辭采之美；「風」，在中國文學批評中，指一種感動的力量，或得之於結構內容，或得之於辭采語態，此處應偏重風采姿容的感人之美。因此說：「從謝詩的本身來看，他的特色原來也正是以辭采之豐縟來取勝的」，〔註 48〕豐縟，豐富而華麗。

〔註 44〕　〔南朝梁〕鍾嶸著，陳延傑注：《詩品注》，「序」，頁 4。

〔註 45〕　〔南朝梁〕劉勰著，周振甫注：《文心雕龍注釋·時序》，頁 816。

〔註 46〕　〔南朝齊〕蕭子顯：《南齊書》（臺北：藝文印書館，據清乾隆武英殿刊本景印），卷五十二，頁 420。

〔註 47〕　袁行霈：《中國詩歌藝術研究》，頁 189。

〔註 48〕　葉嘉瑩：《中國古點詩歌評論集》（臺北：桂冠圖書公司，1991.7），頁 37。

唐代皎然於康樂詩作大加讚賞其「炳麗」：

> 康樂侯謝靈運獨步江南，俯視潘陸。其文炳而麗，其氣逸而暢，驅風雷於江山，變晴昏於洲渚，煙雲以之慘淡，景氣為其澄霽，信江表之文英、五言之麗則者也。〔註49〕

皎然將康樂詩推向「五言之麗則」，是肯定其華美典麗，足為五言法則。「炳」，明也，著也，《易・革・九五》〈象〉曰：「『大人虎變』，其文炳也。」「虎變」指昭著變化，徐志銳《周易大傳新注》云：「虎的皮毛有花紋，每到春秋脫換新毛之後花紋更有光澤，此是以物喻理。」〔註50〕「炳麗」，是有新鮮光澤的美麗，與江山、洲渚同變化的多彩多樣。皎然推崇康樂詩的美麗承襲六朝人的自然觀，又稱：「彼清景當中，天地秋色，詩之量也；慶雲從風，舒卷萬狀，詩之變也。」〔註51〕強調主體驅使、變化文字的與自然同步。

隨後日僧空海以「璀璨」稱之，喻之「花園」：

> ……謝永嘉之璀璨，袁東陽之浩蕩。……莫不競宣五色，爭動八音，或工於體物，或善於情理，詠之則風流可想，聽之則舒慘在顏。足以比景先賢，軌儀來秀矣。……且文之為體也，必當詞與旨相經，文與聲相會。詞義不暢，則情旨不宣；文理不清，則聲節不亮。……搴琅玕於江鮑之樹，採花蕊於顏謝之園……。〔註52〕

「璀璨」，藉玉石光輝以言文辭的絢麗、燦爛，「競宣五色，爭動八音，或工於體物，或善於情理」是「璀璨」之因。「競宣五色，爭動八音」，色彩的多樣呈現，音律的爭相變化，聲色大開，是「璀璨」表現；「或

〔註49〕 〔唐〕皎然：《畫上人集・序》，錄自《四部叢刊正編・集部・皎然集》（臺北：臺灣商務印書館，1979.11），冊33，卷一，頁2。

〔註50〕 徐志銳：《周易大傳新注》（臺北：里仁書局，2003.10），下冊，頁416〜417。

〔註51〕 〔唐〕釋皎然：《詩式》，錄自何文煥訂：《歷代詩話》，頁19。

〔註52〕 〔唐〕〔日本〕遍照金剛撰、盧盛江校考：《文鏡秘府論彙校彙考・南・集論》（北京：中華書局，2006.4），頁1570〜1582。

工於體物，或善於情理」，精於體察萬物，善於感知情理，心物相融，是「璀璨」來源。空海強調璀璨文辭必有清暢文義與情理以為支撐，康樂詩能達此，因此賞心悅目，故以「花園」為喻。

康樂詩於天地萬物變化之體察，延續至宋代，特別能感受其動感，因此多以「流麗」稱其文辭：

謝康樂如東海揚帆，風日**流麗**。〔註53〕

靈運詩：「初篁包綠籜，新蒲含紫茸。」……綽有**流麗**之風。
〔註54〕

「流」，移動，《易經·乾卦·九五》：「水流濕，火就燥」，〔註55〕向一合宜方向移動，如「水流濕」、「東海揚帆」，向著目標合宜前進，只見廣闊東海上，船帆飄舉往前航行的美麗景象，是風的流動與日的亮麗所造就，詩歌文辭正如風日，造就文行成章，宋人謂之「流麗」。「初篁包綠籜，新蒲含紫茸」，「初」與「新」的大自然生機，變化著宇宙天地，如風一般薰染人心，「流」的動態感，於康樂詩歌裡，特別為宋人感知。

明代則普遍以「淡」與「麗」結合而稱康樂文辭。皎然以為康樂詩「驅風雷」、「變晴昏」的結果是「煙雲以之慘淡，景氣為其澄霽」，雲逸氣散，如雨後初霽，其「炳麗」乃淡澄中的鮮明。天地萬物變化有其常，其變之感知亦淡，康樂詩源於天化，雖麗而淡，葛立方《韻語陽秋》云：「大抵欲造平淡，當自組麗中來；落其華芬，然后可造平澹之境。」〔註56〕「組麗」，亦作「組纚」，華美，用以形容絲織品或詩文，《文心雕龍·祝盟》：「若夫楚辭招魂，可謂祝辭之組〔纚〕麗也。」〔註57〕由「組麗」而平淡，「落其華芬」正如雨後初霽淨掃塵雜，只見天造地化的實有畫

〔註53〕〔宋〕敖陶孫：《詩評》，錄自《百部叢書集成》（臺北：藝文印書館，據明天啟天都閣藏書本影印，1965），頁1。

〔註54〕〔宋〕范晞文：《對床夜話》，錄自丁仲祜編訂：《續歷代詩話·下》（臺北：藝文印書館，1983.6），卷一，頁489。

〔註55〕〔魏〕王弼、〔東晉〕韓康伯注：《十三經注疏·周易》，卷一，頁15。

〔註56〕〔宋〕葛立方：《韻語陽秋·卷一》，錄自何文煥訂：《歷代詩話》，頁291。

〔註57〕〔南朝梁〕劉勰著，周振甫注：《文心雕龍注釋》，頁179。

面。元代方回提出「天趣流動」﹝註58﹞以為康樂詩歌評語,已掌握了康樂詩所以從「組麗」中而能「平淡」的關鍵。明人特別強調「淡麗」:

……康樂麗而能淡……。﹝註59﹞

有韋應物祖襲靈運,能一寄穠鮮於簡淡之中,淵明以來,蓋一人而已。……﹝註60﹞

然至穠麗之極,而反若平淡;琢磨之極,而更似天然,則非余子所可及也。﹝註61﹞

「淡」,《說文》謂:「薄味也」,段注:「醲之反也。酉部曰:醲,厚酒也」。﹝註62﹞「淡」,與濃、醲、厚相反,是一種薄薄的味道。《說文》「薄」,段注:「凡物之單薄不厚者亦無閒可入。」﹝註63﹞「淡」、「薄」,不厚,但也密合為一,沒有縫隙。「麗而能淡」,絢麗多彩而洗練出一種看似單一卻是整全的滋味,此滋味即是「天然」,也就是方回所說「天趣流動」,王世貞以為乃經琢磨而成的結果,因此說:「寄穠鮮於簡淡」、「穠麗之極,而反若平淡」。

明代或以「清」與「麗」結合而稱康樂文辭:

六代則公幹之峭、嗣宗之遠、元亮之沖、太沖之逸、士衡之穠、靈運之清、明遠之俊、玄暉之麗,皆其至也;兼之者,陳思也。……﹝註64﹞

靖節清而遠,康樂清而麗……。﹝註65﹞

﹝註58﹞ 評顏延年〈和謝監靈運一首〉:「如靈運詩『昏旦變氣候,山水含清暉。清暉能娛人,游子憺忘歸』,天趣流動,言有盡而意無窮。」(﹝元﹞方回:《文選顏鮑謝詩評四卷》,卷一,頁310。)

﹝註59﹞ ﹝明﹞胡應麟:《詩藪·外編二·六朝》,冊二,頁441。

﹝註60﹞ ﹝明﹞宋濂:《宋文憲公全集·卷三七·答張秀才論詩書》,收在《四部備要·集部·第五四一卷》(台北:台灣中華書局,1965)。

﹝註61﹞ ﹝明﹞王世貞:〈書謝靈運集後〉,錄自王雲五主編:《四庫全書珍本六集·卷三·讀書後》,(臺北:臺灣商務印書館,1976),頁5。

﹝註62﹞ 《說文解字注》,頁567。

﹝註63﹞ 《說文解字注》,頁41。

﹝註64﹞ ﹝明﹞胡應麟:《詩藪·外編四·唐下》,冊二,頁540。

﹝註65﹞ ﹝明﹞胡應麟:《詩藪·外編·卷四·唐／下》,頁544。

尤麗密。詩薄不得、濁不得。康樂氣清而厚，所以能麗能密。

（評〈登永嘉綠嶂山詩〉）〔註66〕

「清」，《說文》謂：「朖也，澂水之兒」，段注：「朖者，明也，澂而後明，故云澂水之兒；引伸之凡潔曰清，凡人潔之亦曰清」；〔註67〕「澂」，同「澄」，《說文》謂：「清也」，段注：「澂之言持也，持之而後清」，〔註68〕有所持，待之靜或淨而後清。「清」，超出語言層，因此謂「氣清」，是詩人有所持而後能清，然後能明。因此，鍾、譚從作者立場評曰：「靈運以麗情密藻發其胸中奇氣。」〔註69〕陸時雍則從讀者立場評說：

　　讀謝家詩，知其靈可眠頑，芳可滌穢，清可遠垢，瑩可沁神。

　　熟讀靈運詩，能令五衷一洗，白雲、綠筱，湛澄趣於清漣。

　　〔註70〕

明代已從人格層面論康樂詩語言，並投射於讀者心裡，白雲、綠筱的鮮亮色彩，不再只是華美辭藻，恰如流傳久遠的「初發芙蓉」，清新可愛，是一種澄澈之趣，詩人自持如此，讀之可收「清可遠垢」、「五衷一洗」之效。從第四章的「思理」分析，讀者從謝詩所得的志氣感發是有理可循的。

二、「初發芙蓉」之說

　　然而，稱賞康樂詩歌文辭而流傳久遠的，仍以「初發芙蓉」或「芙蓉出水」之清新自然為最，歷來支持此評不絕。

　　《南史·顏延之傳》載鮑照曰：

〔註66〕〔明〕鍾惺、譚元春：《古詩歸》，錄自《續修四庫全書·集部·總集》（上海：古籍出版社，據明嘉靖刻本影印），冊1589，卷十一，頁473。

〔註67〕《說文解字注》，頁555。

〔註68〕《說文解字注》，頁555。

〔註69〕〔明〕鍾惺、譚元春：《古詩歸·序》，錄自《續修四庫全書·集部·總集》，冊1589，卷十一，頁471。

〔註70〕〔明〕陸時雍：《詩鏡總論》，錄自丁仲祜編訂：《續歷代詩話·下》，頁1688。

謝五言如初發芙蓉，自然可愛。〔註71〕

「初發芙蓉」為自然景物的生命展現，「初發」代表生命力飽含而蓄勢始發。鮑照此語乃以康樂詩與顏延之「若鋪錦列繡，亦雕繢滿眼」對列，顏詩之巧在「鋪」與「雕」的用心而工，康樂詩乃活靈活現、自然而妙。《詩品》亦載：「湯惠休云：『謝詩如芙蓉出水，顏如錯采鏤金。』顏終身病之。」〔註72〕顏、謝之作雖皆辭藻豐盛，劉勰所說「重葉以鳳采」，仍然以自然為高。「富艷難蹤」與「初發芙蓉」的清新，看似文辭的兩端，然若為「寓目輒書」的不假苦思，目所見既為天地萬物，則以綺麗為其自然，兩端實為一致。〔註73〕

明代王世貞極力肯定鮑照「初發芙蓉」之評：

然至穠麗之極，而反若平淡；琢磨之極，而更似天然，則非余

子所可及也。鮑照對顏延之之請罵，而謂「謝如初發芙蓉，自

然可愛；君若鋪錦列繡，亦復雕繢滿眼也」，自有定論。〔註74〕

王世貞不否認謝詩的穠麗與琢磨，且稱其平淡、天然乃源於「穠麗之極」、「琢磨之極」，可見所謂「初發芙蓉」的清新可愛乃兼有琢磨與自然，因此穠麗而平淡。「初發芙蓉」相對於「鋪錦列繡」，其「自然可愛」與「雕繢滿眼」皆為「麗」，其差別就在「平淡」、「天然」之氣息。如上所述，「麗而能淡」，是一種絢麗多彩而洗練出看似單一卻是整全的「天趣流動」，生命力蠢動其中。

〔註71〕　〔唐〕李延壽：《南史》（臺北：藝文印書館，據清乾隆武英殿刊本景
　　　　印），卷三十四，頁412上。

〔註72〕　〔南朝梁〕鍾嶸：《詩品》，錄自何文煥訂：《歷代詩話》，頁13。

〔註73〕　《文心雕龍・原道》：「文之為德也大矣，與天地並生者何哉？夫玄黃
　　　　色雜，方圓體分：日月疊璧，以垂麗天之象；山川煥綺，以鋪理地之
　　　　形。此蓋道之文也。……心生而言立，言立而文明，自然之道也。傍
　　　　及萬品，動植皆文：龍鳳以藻繪呈瑞，虎豹以炳蔚凝姿；雲霞雕色，
　　　　有逾畫工之妙；草木賁華，無待錦匠之奇。夫豈外飾，蓋自然耳。至
　　　　於林籟結響，調如竽瑟；泉石激韻，和若球鍠。」（〔南朝梁〕劉勰著，
　　　　周振甫：《文心雕龍注釋》，頁1）

〔註74〕　〔明〕王世貞：〈書謝靈運集後〉，錄自王雲五主編：《四庫全書珍本六
　　　　集・卷三・讀書後》，（臺北：臺灣商務印書館，1976），頁5。

晚明王船山繼中唐皎然讚賞康樂詩最力，評〈東山望海〉云：

此則所稱「初日芙蓉」者也。〔註75〕

原詩如下：

開春獻初歲，白日出悠悠。蕩志將愉樂，瞰海庶忘憂。策馬
步蘭臯，緤控息椒丘。採蕙遵大薄，搴若履長洲。白華縞陽
林，紫蘗曄春流。非徒不弭忘，覽物情彌遒。萱蘇始無慰，
寂寞終可求。

「初日」，早晨剛升起的太陽；「芙蓉」，荷花；早晨太陽剛升起時的荷花
是最具精神，生命力最飽滿的，最清新可愛的。鮑照、鍾嶸將「初發芙
蓉」與「鋪錦列繡」的「雕繢滿眼」相對，凸顯其自然可愛；「芙蓉出水」
與「錯采鏤金」相對，強調的也是自然。王世貞曰：「初日芙蓉，非人力
所能為，精彩華妙之意，自然見於造化之外。」〔註76〕「初日芙蓉」的
清新可愛是自然的精彩華妙，是真切具體的自然之美，用以比擬寫景之
妙。清周濟稱賞韋莊詞：「清艷絕倫，初日芙蓉春日柳，使人想見風度。」
〔註77〕「初日芙蓉」在其「清」，清新可愛；「春日之柳」在其「艷」，婀
娜多姿。「清」，如上所述，《說文》段注：「凡潔曰清，凡人潔之亦曰清。」
「新」，《說文》：「取木也。」段注：「取木者，新之本義，引申之為凡始
基之偁。」〔註78〕《廣雅·釋言》謂：「初也。」〔註79〕《淮南子·齊
俗》：「而刀如新剖硎。」注：「新剖，始製也。」〔註80〕「新」為初始
意，用於詩評，謂其詩表現初始面貌，還其本質。「清新」，指寫景以其

〔註75〕　〔明〕王夫之：《古詩評選》，錄自《船山全書》，冊十四，頁735。

〔註76〕　〔明〕王世貞：《藝苑卮言》，錄自〔清〕丁仲祜編訂：《續歷代詩話》
　　　　　（臺北：藝文印書館，1983.6），下冊，卷一，頁1102。

〔註77〕　〔清〕周濟：《介存齋論詞雜著》，收入《續修四庫全書·集部·詞類·
　　　　　詞辨》（上海：上海古籍出版社，2003.5），冊1732，頁577。

〔註78〕　《說文解字注》，頁724。

〔註79〕　〔清〕王念孫：《廣雅疏證》，（中華書局據家刻本校刊）收在《四部備
　　　　　要》（中華書局聚珍倣宋版印，1965），卷五下，冊一，頁23。

〔註80〕　〔漢〕劉安著、何寧集釋：《淮南子集釋·齊俗訓》，收錄於《新編諸
　　　　　子集成》（北京：中華書局，1998.10），卷十一，中冊，頁801。

初始面貌明白呈顯，而又涵容宇宙與主體心靈的種種言外之意，管雄以為，這樣的「清新」便是沈約所稱「興會標舉」的結晶。〔註81〕此寫景之實，卻含情、理之虛，錢穆先生說：「最空靈的，始是最真切的。最直接的，始是最生動的。最無憑藉的，始是最有力量的。」〔註82〕寫景的清新，如此直接，也如此有力。船山「此則所稱『初日芙蓉』者也」之說，肯認前人批評而承襲此說。康樂此詩以「寂寞」作結，船山則聚焦其「景語」，而「景語」實涵容宇宙與主體心靈的種種言外之意。

　　王船山評〈登池上樓〉云：

　　　　「池塘生春草」，且從上下前後左右看取，風日雲物，氣序懷抱，無不顯者，較「蝴蝶飛南園」之僅為透脫語，尤廣遠而微至。〔註83〕

前人謂「池塘生春草」為夢中神得，船山卻以為是詩人從上下前後左右實實在在所見而得取。「上下前後左右」，代表四面八方，方位變化呈顯「生」的動感，感物而動的力量也逐步增強。於是，滿眼柔綠的池畔青草，彰顯著風日雲物的宇宙大自然恩典，詩人原先臥病而「昧節候」的靈覺回來了，「春」點染心識，感氣序、抒懷抱，一一喚起。「上下前後左右」涵蓋天地、四方，意謂「池塘生春草」為放眼宇宙所得，其能開顯的有「風日雲物」、「氣序懷抱」，包括氣流的循環、雲日下的蓬勃萬物、季節的更迭，乃至詩人所懷抱的志意，從宇宙到詩心，都收攝在池塘所生的一片春草生機中。「景語」含藏詩人與宇宙當下所形成的「情境」與「心境」，王船山謂之「生生之意」。《易傳》云：「生生之謂易」，〔註84〕船山詮釋「生生」之意云：

　　　　「生生」者，有其體，而動幾必萌，以顯諸仁；有其藏，必

〔註81〕　管雄：〈說「興會標舉」——論謝靈運山水詩之二〉（苗懷明編：《南京大學文學院百年院慶論文選集・上》，頁230～237，2014.8），頁237。

〔註82〕　錢穆：《湖上閒思錄》（臺北：東大書局，1992.11），頁103。

〔註83〕　〔明〕王夫之：《古詩評選》，錄自《船山全書》，冊十四，頁732。

〔註84〕　〔魏〕王弼、〔東晉〕韓康伯注：《十三經注疏・周易》，卷七，頁149。

以時利見，而效其用。〔註85〕

首要在有其「體」，最終要「效其用」，即「體」即「用」。「景語」如「池塘春草」為其眼前所見形體，卻有其「藏」，一旦萌發「動幾」，即顯「諸仁」，「生」之動，不只在物，也在心。船山云：「心之體，處於至靜而惻然有動者，仁也。」〔註86〕「仁」是「心」之體的「惻然有動」，「惻然」，哀憐、悲憫，起動仁心而欲有德惠。此種動念原是內隱的天理，因物而動顯。

　　王船山於謝詩「景語」的體會不得不謂既深且廣，《文心雕龍·物色》云：「物色之動，人誰獲安」，「興」之起情、感發志意，其關鍵在此。「初日芙蓉」的自然可愛，在於人可自找解消種種不可解的憂愁，主體心靈安頓於自然景物的生生與顯仁。

三、二元對立的取景技巧

　　實際進入謝靈運山水詩的文本，爬梳其「景語」，發現在諸多對仗聯句中，二元對立形成上下對偶的語句，其情況極為普遍，包括時間、季節、山水、天地、方位、顏色、視聽、動靜、有無、冷熱、高平、來往等，有些看似敘事，卻在敘事中寫景。以下分別敘述。

（一）朝夕對立

　　朝與夕的相對，形成一天最大的廣度；又，朝與夕的更迭，形成匆匆的生命感嘆。例如：

　　秋岸澄夕陰，火旻團朝露。（〈永初三年七月十六日之郡初發都〉）

此聯寫出發後旅程中所見。秋天的水岸邊，傍晚時分一片澄澈；七月的清晨，朝露團攢。一寫所見澄澈純淨，二寫露宿辛苦。所引起的感觸是

〔註85〕〔明〕王夫之：《周易內傳·繫辭上傳》，錄自《船山全書》，卷五，冊一，頁 529～530。

〔註86〕〔明〕王夫之：《周易內傳·繫辭上傳》，錄自《船山全書》，卷五，冊一，頁 528。

「辛苦誰為情？遊子值頹暮」，由夕而朝，日以繼夜，不斷地循環。詩歌寫在出發前往永嘉，是出貶的旅程，「遊子」加上「頹暮」，最是傷感敏銳時刻，因此嘆「辛苦誰為情」。

朝與夕的對舉，凸顯日以繼夜，夜以繼日，既見「秋岸澄夕陰」，又見「火旻團朝露」，所見唯「秋岸」、「朝露」，餐風露宿、羈旅在外之景，實為辛苦，過往官場的辛苦及未來的取法古人之規劃，全在這朝夕相對的感觸與反思中。又值頹暮之年，前途茫茫；結語翻出「將窮山海迹」自勉新志，蓋亦郊野山林的澄澈使然。謝靈運生性愛好山水，於永嘉正可一飽心所嚮往。

又如：

> 曉霜楓葉丹，夕曛嵐氣陰。(〈晚出西射堂〉)

此聯特寫晨、夕美景。曉霜雖涼，恰可催紅秋楓，晨景丹楓延續一日、乃至數日的視覺美感，夕照下的山嵐，天色轉陰，卻仍曛暖，夜的來臨似可不淒清。然而，詩人感受的是「節往戚不淺，感來念已深」，顯然詩人著重的是楓葉經霜變紅，山嵐因日落而轉暗，季節轉換與日夜的交替，觸動著詩人敏銳的神經。種種愁緒湧上，呼應深沉之「念」——「離賞心」、「華緇鬢」、「緩促衿」，含情者如何負荷？歸結出「安排徒空言，幽獨賴鳴琴」的無奈。羈雌之戀、迷鳥之懷，正由秋涼暗陰的山林所起的聯想，是詩人身所處、心所繫，當下之境即使莊子亦難排解，「幽獨」之感湧上。曉、夕對舉，由明轉暗，正如心境由出遊所望原是青翠群山，卻即將轉入黑夜的陰沉。

再如：

> 朝旦發陽崖，景落憩陰峰。(〈於南山往北山經湖中瞻眺〉)

早晨從南山出發，日落時在北山休息，扣住題目「於南山往北山」，寫出發與返回，恰好在日影即將落下時。此聯以敘事為主，然「朝旦」、「景落」的對舉，亦見日影變化，以下所描寫，皆在此變化過程中。「朝旦」，朝日初升；「景落」，夕陽初下；「於南山往北山經湖中瞻眺」，所寫盡在一日的白晝時光裡，自然宇宙澎湃的生命力，清楚呈現眼前：

「側逕既窈窕，環洲亦玲瓏。俛視喬木杪，仰聆大壑灇。石橫水分流，林密蹊絕蹤。解作竟何感，升長皆丰容。初篁苞綠籜，新蒲含紫茸。海鷗戲春岸，天雞弄和風」，上岸後的邊行邊看，以視覺摹寫為主，幽深的、玲瓏的、高大的、流動的、遠密的、多彩的、新生的、嬉戲的，展現大自然的美妙丰姿，其效應是：「撫化心無厭，覽物眷彌重。」此乃從南山回返北山時所見，詩人因此加深對宇宙自然的眷戀，堅定退隱決心。只是，此番體會，說與何人知？「不惜去人遠，但恨莫與同。孤遊非情嘆，賞廢理誰通」，詩人要說的是，事功的承襲既已遠渺，此時此刻的另番心情，但願有人知音。此為「覽物」之化所得之撫慰，白晝日日有，詩人重新得著存在的安頓，卻猶有遺憾──莫與同‧賞已廢‧

此番朝夕二元對立所涵蓋的時間感，詩人充分體驗宇宙生命力，「初篁苞綠籜，新蒲含紫茸。海鷗戲春岸，天雞弄和風」，苞、含的靜中有動，戲、弄的活潑動態，綠、紫的鮮麗色彩，春、和的溫煦背景，儘管日影有升落，此升落之間，正是不斷的生機湧現。政治的遭逢，事功的不遂，心靈仍可與自然生機同步升長，期有丰容。「朝旦發陽崖，景落憩陰峰」，寫一整日的山林相伴，從朝旦到景落，從辛苦到愜意。

他如：「早聞夕飆急，晚見朝日暾」（〈石門新營所住四面高山，迴溪石瀨，修竹茂林〉）的晨夕對列，前句寫晨，卻猶如聽聞夕昏的飆風迅疾而過；後句寫夕，卻猶如見到朝日。時間的混淆、錯亂，正見「崖傾」、「林深」，深潭、條猿也在其中，一靜一動，俱見氣勢。「聞」、「見」意識二元對立，是為對仗，但也張其耳目，領受宇宙自然在幽密山林裡所給予的震撼與溫和。

朝夕對立的時間感，雖匆匆，但細較每一當下，眼前無不豐盛盈滿。

（二）季節對立

從四季中提舉二季，或春秋，或夏秋，或冬夏，往往涵蓋年歲的變化。如：

嫋嫋秋風過，萋萋春草繁。（〈石門新營所住四面高山，迴溪

　　石瀨，修竹茂林〉〉

此詩寫於元嘉七年（公元四三〇年）春天，何以出現「嫋嫋秋風過」？而在感覺秋風吹過後，又道「萋萋春草繁」？原來秋風只是比擬所居之高，承首句「躋險」、「披雲」而有，再有便是「苔滑」的溼氣、「葛弱」藤蔓的陰深，因此，風吹猶如秋涼。此外，「嫋嫋秋風過」、「萋萋春草繁」皆語出《楚辭》，因此下接「美人遊不還，佳期何由敦」的知音空等，後者出自淮南小山〈招隱士〉，心境連結幽居棲引，蓋亦可知。其季節對立，涵蓋時日的延續。

　　由「萋萋春草繁」的盎然春意，帶引知音空等之憾，然林中生趣自有撫慰之效，「俯濯石下潭，仰看條上猿。早聞夕飆急，晚見朝日暾。崖傾光難留，林深響易奔」，再三確認山林之可愛、可棲，秋的濕冷、陰深之感，已被排除腦後。「感往慮有復」，全因盎然春意而起，箇中原因唯有智者能曉，詩人所要營造的，正是起首所稱的「幽居」形象，然後一路引譬連類，直到「感往慮有復，理來情無存」的悟理。

　　又如：

　　　不怨秋夕長，常苦夏日短。（〈道路憶山中〉）

不去哀怨秋夜漫長，卻常為夏日短暫而苦，乃元嘉九年（公元四三二年）春，詩人赴臨川郡途中，追憶故鄉始寧生活，「濯流激浮湍，息陰倚密竿」是夏日的愜意。夏至後，秋長夜也長，秋固不怨，夏盼拉長，在夏與秋之間，懷念始寧歲月的慢悠美好，即使如今春暖，卻全不在心上，「含悲」是此刻心情。秋、夏季節的對立，兩相融合成詩人對故鄉的嚮往與思念，「春暖」原是教人期待的，如今卻不如秋、夏令人懷念，「故鄉」之情更加凸顯。此詩以悽惻之情作結，「不怨」、「常苦」皆對比於今日的悽惻，對故鄉的戀戀不捨，由「常苦夏日短」帶引出「濯流激浮湍，息陰倚密竿」的夏日愜意，對比於今日走在前往臨川的道路上，益加令人不捨。

　　此外，尚有朝夕、季節兩相對立者，如：「晝夜蔽日月，冬夏共霜雪」（〈登廬山絕頂望諸嶠〉）。

以上總屬時間的對立。

（三）山水對立

山水詩寫山水景物為常態，山水對舉於詩中亦屬多數。如：

> 山行窮登頓，水涉盡洄沿。巖峭嶺稠疊，洲縈渚連緜。白雲
> 抱幽石，綠篠媚清漣。葺宇臨迴江，築觀基曾巔。（〈過始寧
> 墅〉）

此語上承「剖竹守滄海，枉帆過舊山」，已交代緣起，乃因出守永嘉，
繞道故鄉一探，行文已有清楚起首，卻在此前先有心情的感懷：「束髮
懷耿介，逐物遂推遷。違志似如昨，二紀及茲年。淄磷謝清曠，疲薾慚
貞堅。拙疾相倚薄，還得靜者便」，此感懷顯然是在遊歷始寧山水後而
有，「還得靜者便」是感物而發。景語上，先敘事山行水涉之窮盡，再
總寫山重水複之漸次幽深，最後特寫山景與水景，「白雲抱幽石，綠篠
媚清漣」，藉由雲之白、石之幽、竹之綠、水之清，指點一處秘境桃源，
呼應「靜者」所居，故云：「還得靜者便」。因有過往仕途的反思，對顯
「靜」的可貴。連續的山水對列，一層　層堆疊幽靜空間，最後白、綠
呈顯環境，加以雲、石相擁與竹、漣互挑，詩人精神拔升，期盼不自我
辜負。

「自處」是詩人置身山水的需要，亦是思考，因此，詩人決定身
處山水至高點：「葺宇臨迴江，築觀基曾巔」，山疊水迴，一覽無遺。

又如：

> 策馬步蘭皋，縶控息椒丘。採蕙遵大薄，搴若履長洲。白華
> 縞陽林，紫蘗曄春流。（〈東山望海〉）

此處一水一山，一山一水，再一山一水，「大薄」、「長洲」，擴延空間，
詩人於山水的癡愛天性展現無遺。此次，詩人抱持散心的尋樂心情，然
而，所見盡是《楚辭》屈原詩句，〈離騷〉謂：「步余馬於蘭皋兮，馳椒
丘且焉止息」，康樂複製「步蘭皋」、「息椒丘」；《九章‧思美人》謂：
「攬大薄之芳茝兮」，《九歌‧湘君》謂：「采芳洲兮杜若」，芳茝、杜若

皆為香草，顧紹柏謂：「按此詩提到的芳香植物，不一定是（或不完全是）東山實有，蓋以喻芳潔之人履芳潔之境而已」，康樂複製這樣的情境，〈離騷〉有「扈江離與辟芷兮」，皆用香草名，下聯「紫蔜」亦同。凡此植物，皆無法忘憂，詩人感觸：「非徒不弭忘，覽物情彌遒」，最後甚至悲觀地以為：「萱蘇始無慰，寂寞終可求」，深沉的孤獨寂寞與此行動機「蕩志將愉樂，瞰海庶忘憂」背道而馳。詩人「前」經驗影響詩境之甚，由此可知。

寫景兼用典故，景非實景，景在內心，主體情緒升高至眼前景物，存在處境裡的傳統文化與知識分子出處兩難的煎熬盤繞，景語實為情語，「萱蘇」名為忘憂，在此無力，再無法生發出「理」。「思理」由眼前景而生發，且必蓋過傷情。

以上總寫山重水複，以下單純寫水流、山景。如：

　　石淺水潺湲，日落山照曜。(〈七里瀨〉)

此聯一水一山，流水緩緩流向遠方，船行其間，盡頭處的山景正在斜暉中燦爛展現，一清一麗，然已近黃昏。由遠山想像其間林木深深景象，天色將轉入暗黑，聽覺特別敏銳，哀禽引起的遷斥之感，在水景出現嚴子瀨時獲得紓解，山、水回環往復地書寫，是謝靈運山水詩常有的形態與技巧。水的潺湲以動寫靜，姿態大抵如此；山的照曜以靜寫動，觸引對時間的敏銳神經。「遭物悼遷斥」是已然的過往，「存期得要妙」是未然的將來，這將來又連結上古與後世，此心曠遠，當世評價又有何傷？「既秉上皇心，豈屑末代誚」，堅定此時的體悟與抉擇。

再有，先單純寫水流、山景，再總寫山重水複。如：

　　澹瀲結寒姿，團欒潤霜質。澗委水屢迷，林迥巖逾密。(〈登
　　永嘉綠嶂山詩〉)

蕩漾的水波經寒凝結，顯現深秋姿態；秀美的秋竹經霜滋潤，質地更為堅韌。「寒姿」、「霜質」，一外一內，自然宇宙的季節本然，詩人選用筆畫繁多的「澹瀲」、「團欒」指稱水波和山竹，接續下文的巖密與水迷，先特寫，再總寫，從船行所在的水到眼中所見的山，山水景物豐茂多

姿，卻可在此刻見其純然本貌。「眷西謂初月，顧東疑落日。踐夕奄昏曙，蔽翳皆周悉」，強調其密與詩人之熟稔，因此坦然闊步其中。「寒姿」、「霜質」的此刻風貌，詩人寄予「抱樸」的體會，人性在此安然解悟中顯其高貴。

（四）天地對立

王船山評其〈登上戍石鼓山詩〉曰：「神理流於兩間，天地供其一目。」〔註87〕「兩間」者，天地也，是自然景物所在，也是詩人所處，俯仰其間，天地對舉而入詩，宇宙光景呈現眼前。如：

> 析析就衰林，皎皎明秋月。（〈鄰里相送方山〉）

> 江山共開曠，雲日相照媚。（〈初往新安至桐廬口〉）

江水、山林共同呈現一片開闊空曠之境；雲彩、日影彼此映照，明媚迷人。大地「江山」與天空「雲日」兩相對列，前者靜，後者動，靜者開闊，動者呈媚，呈顯天地寬廣格局與多姿多彩的本然。在詩人深沉感慨於節氣變化時，《莊子》的輕快生命主張盤據胸中，眼前景成為可以提出討論的憑藉。「清」是時時的自我期許，源自「江山共開曠，雲日相照媚」的觸動。江山、雲日的天地對舉，使詩人所見、所處，涵蓋天地的遼闊，「清」是詩人之所感，「群物」則包括「江山」、「雲日」。

又如：

> 亭亭曉月映，泠泠朝露滴。（〈夜發石關亭〉）

此聯承上文「星闌命行役」，天剛破曉，以「星闌」、「曉月」、「朝露」，扣住題目「夜發」，層層積澱行役之辛苦。曉月高高映照下，朝露滴落，泠泠發響。「映」，由上往下；「泠泠」，由下往上，視、聽往還，空間為景所撐開，趕路的詩人顯得更加渺小。山水的奔往，於詩人不僅僅是休閒，更是自我生命的追尋，「蹈千里」、「將十夕」，說明詩人的熱切。

又如：

> 密林含餘清，遠峰隱半規。（〈遊南亭〉）

〔註87〕〔明〕王夫之：《古詩評選》，錄自《船山全書》，冊十四，卷五，頁736。

此聯先寫近處林木，再寫遠山日落，空間往上移升，亦往遠處推衍，是要呼應上文「時竟夕澄霽，雲歸日西馳」，以空間、景物呈現時間感，作為下文的眺望動機。日落黃昏，美景引人，卻也是日與夜的交替；澤蘭披徑，芙蓉初發，又是春與夏的更迭，景語具象化時間的衝擊。「感物而嘆」是詩人無可避免的情緒，而乃因匆匆的時間之嘆是人類無可逃躲的命運，詩人尤其敏銳。日落於詩人，引出的是對生命的一番省思與決定——「息景偃舊崖」之志。詩人不吝張開耳目，向四處張望，取景開闊，天地並取。

再如：

> 林壑斂暝色，雲霞收夕霏。芰荷迭映蔚，蒲稗相因依。(〈石
> 壁精舍還湖中作〉)

林壑與雲霞、山林與天空的對舉，表達的卻是一樣的景象。「斂暝色」、「收夕霏」，強調天地之間的即將進入夜晚的暗黑，承接上文的「出谷日尚早，入舟陽已微」，此昏旦之變，詩人忘返的是山水娛人的「清暉」，遊子因而忘歸，「憺」的安定源自此景使人「慮澹」，因此「意愜」達理。詩人體會的是普遍生命需求，亦即攝生的同情共感。

大景的鋪排後，接著特寫近景：「芰荷迭映蔚，蒲稗相因依」，芰荷的相映成趣、蔚成一片，蒲稗的隨處生長、相互依倚，在「迭」的輪番與「相」的並列，自然宇宙並不孤單，「愉悅偃東扉」是此行的滿足。於是體悟到：「慮澹物自輕，意愜理無違」，思慮澹泊、心意愜適，所觸唯自然景物，此理當是攝生之道。「物」，指富貴功名，呼應前文「遊子」心情。

天地對立於謝詩中常見，他如：

> 拂鱗故出沒，振鷺更澄鮮。(〈舟向仙巖尋三皇井仙跡〉)
>
> 雲日相輝映，空水共澄鮮。(〈登江中孤嶼〉)
>
> 清霄揚浮煙，空林響法鼓。(〈過瞿溪山〔飯〕僧〉)
>
> 巖下雲方合，花上露猶泫。(〈從斤竹澗越嶺溪行〉)

月弦光照戶，秋首風入隙。陵風步曾岑，憑雲肆遙脈。(〈七
夕詠牛女〉)

（五）方位對立

空間感的表達，以方位最為明確，詩人為表自然景物的周繞，往
往對舉推廓。如：

徙倚西北庭，竦踴東南覯。(〈七夕詠牛女〉)

目光留連徘徊在西北天庭，踮起腳站在東南邊遠望著。詩人清楚地標示
方位，使東西南北陸續出現在詩文中，空間向四方推展，呼應「憑雲肆
遙脈」的熱切尋索。謝詩總是在空間推擴之後，擇取特寫鏡頭，此詩題
為「七夕詠牛女」，在幾經極目搜尋後，詩人找著目標，以「紈綺無報章，
河漢有駿軛」收結定格，表示此行動機之強烈，得著目標後，不捨離去。

又如：

秋泉鳴北澗，哀猿響南巒。(〈登臨海嶠初發彊中作，與從弟
惠連，見羊何共和之〉)

北邊山澗，秋泉鳴響；南邊山巒，猿猴哀啼。此聯上承「茲情已分慮，
況迺協悲端」，下接「戚戚新別心，悽悽久念攢」，昔時的歡樂，遭逢悲
涼秋天，思念攢聚，向北，山泉鳴響；向南，猿猴哀啼，無處逃躲，「戚
戚」、「悽悽」，傷感重重堆疊，反覆連結。鄭毓瑜以為「重複」不是複
製，而是可以發動跨類，其真正作用在於「引起類與類之間的對應往還」，
並且在這個互動過程中呈現出類別間其實貫通的底層，因此說：「物色
之動，心亦搖焉」，召喚出的是人與萬物共存共感、相互應發，而宇宙
間陰陽消長、四時迭代的氣化流行也同步顯現在物、我之間，語言的「重
複」容納個別差異卻能共存共感，因此，它不是語言修辭的設計，而是
某一種身體經驗「圖式」的反覆浮顯與連結。〔註88〕詩中「戚戚」、「悽
悽」的情感，正是詩人對友人的思念與「秋泉鳴北澗，哀猿響南巒」的

〔註88〕鄭毓瑜：《引譬連類：文學研究的關鍵詞・導論：「文」與「明」》（臺
北：聯經出版社，2012.9），頁 39～40。

反覆連結，因而共存共感，「反覆」，呈顯在北與南的方位轉換。

再如：

> 積石竦兩溪，飛泉倒三山。(〈發歸瀨三瀑布望兩溪〉)

堆疊的石頭聳立兩溪旁，飛濺的泉水倒掛在三山，前者由下往上，後者由上往下，畫面上形成迴環往復的動態感。上承「沫江免風濤，涉清弄漪漣」的平靜與清澈，下接「亦既窮登陟，荒藹橫目前。窺巖不覩景，披林豈見天」的高聳蒼茫，此已是巢穴隱逸的絕佳之處。入後卻轉出「巢穴難」之語，詩人渴盼有知音賞心由此呈顯，對照詩人一生結局，終未能安於山居，其心情可解。兩岸積石堆疊，山頂飛泉倒掛，上下伸展，形成巢穴氛圍，詩人等待「同枝條」者，若果如此，今日更甚千年。飛泉倒掛，枝條在焉，詩人營造環境以襯出心情。

以上三者總屬空間的對立，總景的推廓，是為特寫的點凸。

（六）顏色對立

宇宙天地原是多彩，實寫自然之景，其色彩的捕捉自是搶眼而鮮明。顏色對舉眼前物，是謝靈運常用方式，如：

> 白雲抱幽石，綠篠媚清漣。(〈過始寧墅〉)

白、綠摹寫對立，一淡一麗，一輕一重。詩人入眼的是白雲、綠竹，白、綠是景物常態，寫來自然，且顯清新。此聯上承「巖峭嶺稠疊，洲縈渚連綿」，白雲盤繞在山嶺重疊間，綠竹搖曳在洲渚相連處，下重上輕，一種穩定的格局。下接「葺宇臨迴江，築觀基曾巔」，構築樓台、屋舍，心意已決，白、綠色彩一高一低，涵蓋居處周遭放眼所見，呈顯和諧景象。黃永武《中國詩學‧鑑賞篇》云：「辭華的濃淡，最好能與詩境的氣氛相配合，寫宏麗的詩境需要用濃筆，但不能肥俗；寫幽靜的詩境需要用淡筆，但不能枯瘦。」〔註89〕濃而不肥俗，淡而不枯瘦，用在色彩濃淡亦然。「白雲抱幽石」，色淡而不枯，「綠篠媚清漣」，鮮麗而不俗，襯染詩境氣氛。因此緊接感受與決定：「葺宇臨迴江，築觀基曾巔。

〔註89〕黃永武：《中國詩學‧鑑賞篇》(臺北：巨流圖書公司，1979.4)，頁174。

揮手告鄉曲：三載期歸旋，且為樹枌檟，無令孤願言」，此決定之迅速，不脫白雲與綠竹所營造的氣氛。顧紹柏說：「此二句甚佳，歷來為人傳誦」，正是因為其不只是對景物的描寫，詩人心志的寄託實在此處。

又如：

　　白華縞陽林，紫薄曄春流。（〈東山望海〉）

南邊樹林長滿白色野花，水流旁初生的紫薄十分耀眼。白與紫的對立，一在山林，一在水邊，營造一個閃白、亮麗的身處環境，本應開闊，然屈原詩句隱隱然湧動在心。薄，又稱白芷、茝，亦屈原筆下香草名（參見第三章第二節）。聯想起屈原詩句，自亦無法擺脫悲劇連結，景物愈閃亮，寄託愈烈，心裡卻愈暗沉、愈失落。刻意安排的白、紫色彩，將畫面推廓到極冷與極熱的境地，詩人「將愉樂」「庶忘憂」的出遊動機，卻反倒生發遺憾與孤獨。黃永武分析「色彩的明暗與景物距離的配合」說：

> 紅色比實際的距離看來有較接近感，而青色則有較後退感，黃橙等色，色彩鮮明，明度和純度高，也有擴散和迫近的感覺；青靛紫等色，色彩的明度和純度低，有收縮和遠離的感覺。因此，色彩明亮而屬暖色的，有比實際面積較大的感覺；色彩明度晦暗而屬寒色的，都有比實際面積較小的感覺。〔註90〕

認為色彩的明度、純度極寒暖的差異，會引起畫面上大小、遠近的感覺。白的亮度高，有擴散和迫近的感覺，視覺上比實際面積較大；紫的明度低，有收縮和遠離的感覺，因此視覺上有比實際面積較小。在這一放一縮之間，詩人心意歸結在屈原的情感，詩人確切感受此刻，難忘糾結心情，因此說：「非徒不弭忘，覽物情彌遒」。

再如：

　　白芷競新苔，綠蘋齊初葉。（〈登上戍石鼓山詩〉）

白芷爭相抽出新芽，綠蘋一齊長出嫩葉，語出《楚辭·招魂》，心情接近屈原可知。是在憂憂鄉思下的「發春托登躡」，白、綠的亮白仍然沒

〔註90〕黃永武：《詩與美》（臺北：洪範書店，1997.4），頁39。

能滿足歡願，詩人忽略色彩的亮麗，心情連結的是《楚辭‧招魂》裡的「白芷」、「綠蘋」，「摘芳芳靡諼，愉樂樂不變」是必然的結果。樂景寫哀之反襯，此是一例。此聯上承「日末〔沒〕澗增波，雲生嶺逾疊」，層層疊疊中，忽見清新之景，卻轉入「摘芳芳靡諼，愉樂樂不變。佳期緬無像，騁望誰云愜」的歸鄉無望，一波三折，仍轉不出對故鄉的思念。綠、白對立另有「春晚綠野秀，巖高白雲屯。」(〈石門巖上宿〉)。

此外，屢見紅、綠對立，如：

殘紅被徑墜〔隧〕，初綠襍淺深。(〈讀書齋〉)

落花紛紛，布滿小徑，深深淺淺的綠意相錯其間；在一片落花的紅色中，摻雜各層色的綠，繽紛色彩帶來溫暖、熱情，卻反襯出詩人嘆逝的心情。此聯上承「春事日已歇，池塘曠幽尋」的久未尋幽的整體環境變化，再特寫春事日歇的眼前所見。「殘紅被徑墜〔隧〕，初綠襍淺深」二句設色鮮明，顯見春去夏臨。季節交替本是尋常，然，「殘紅」映照心情，「被」的滿懷、「墜」的持續，盛春美好已然落幕、缺殘。深淺交錯的綠意，隱射生命新舊相雜，舊已逝，新不如舊，生命顛峰漸遠，「雜」亦是心情。下接「偃仰倦芳褥，顧步憂新陰。謀春不及竟，夏物遽見侵」的感受，耳目所觸，憂愁隨起，所見唯殘春景象，依此寒冬亦不遠矣。結語驚嘆源於「殘紅被徑墜〔隧〕，初綠襍淺深」二句寫景之生動，春夏之交具體畫面呈現眼前，千真萬確的季節遞嬗。康樂詩往往以鮮麗自然景物反襯嘆逝心情，紅、綠對列常見，如：「銅陵映碧潤〔澗〕，石磴瀉紅泉。」(〈入華子岡是麻源第三谷〉)、「原隰荑綠柳，墟囿散紅桃。」(〈從遊京口北固應詔〉)、「陵隰繁綠杞，墟囿粲紅桃。」(〈入東道路〉)。景物清新可愛，後人認為如「初發芙蓉」。

（七）視聽對立

臨對山水，詩人習慣性地大張耳目聽視，將所聞見對舉，宇宙自然，聲色俱現。如：

析析就衰林，皎皎明秋月。(〈鄰里相送方山〉)

耳聽草木搖動的析析聲響，船已接近衰颯山林；目見皎潔秋月，在天空明亮照耀。耳所聽既衰殘，眼所見亦幽獨，感官飽嘗哀愁，視聽對列，將「解纜及流潮，懷舊不能發」的不捨具象化，心目相即，宇宙同愁，渲染情意於滿身，具體可感。因此下接「含情易為盈，遇物難可歇」，總括其此刻遇物感受。

又如：

　　荒林紛沃若，哀禽相叫嘯。(〈七里瀨〉)

荒僻的山林裡，枝葉紛雜繁盛；禽鳥淒切的哀啼聲，此起彼落呼應著。一視一聽，感官飽嘗當下自然環境的種種，「荒」、「哀」感受同時湧現。此聯上承「石淺水潺湲，日落山照曜」的平靜，心情陡轉；下接「遭物悼遷斥，存期得要妙」，才抒情，便說理。抒情承前而來，說理頓悟而得。結語延續此理，提舉嚴子、任公為此後典範，祈嚮與古人同調。視聽二元對立，將感官所接收放展至最大量，耳所聞、目所見，均皆「悼遷斥」來源。

再如：

　　池塘生春草，園柳變鳴禽。(〈登池上樓〉)

池塘邊漫生著春天的綠草，園裡柳變換著啼鳴的鳥禽。草滿池邊，禽變啼鳴，特寫季節遞嬗的觸動，綠草、園柳為盎然春意的不自覺布滿。耳目聞見，導引情意方向，當下思索過去與未來。此聯上承「初景革緒風，新陽改故陰」的由冬轉春，革、改，是詩人對一己存在處境「生」、「變」的期望，由冬轉春固然綠意生起，卻也是年歲的轉換，又是新的一年，離家的人怎能不觸景生情呢？因此，耳所聽，目所見，都是觸處，都是傷感。「池塘生春草」，春草遍生，搶奪眼目最烈；「園柳變鳴禽」，禽鳥啼鳴，侵犯耳朵最顯，所連類的是季節的遞嬗。大張耳目特寫眼前景，以興起下聯的傷感：「祁祁傷豳歌，萋萋感楚吟」，想起《詩·豳風·七月》裡「春日遲遲，采蘩祁祁，女心傷悲，殆及公子同歸」令人傷感的詩句，不覺動了歸思；又感傷《楚辭·招隱士》裡「王孫遊兮不歸，春草生兮萋萋」，思歸之情更難以掩抑。感傷至極，難以處心，

反生出「理」以自我寬慰：「持操豈獨古，無悶徵在今。」於耳目開張的同時，情、理俱生。

再如：

> 鷕鷕翬方雖，纖纖麥垂苗。(〈入東道路〉)

野雞張開五彩羽毛，正發出鷕鷕的鳴叫聲；麥子垂吐幼苗，纖長美好。以聽聞野雞求偶，看見麥苗垂吐的視聽特寫，呈顯眼前春景的欣欣向榮。此聯上承「屬值清明節，榮華感和韶。陵隰繁綠杞，墟囿粲紅桃」，是和韶清明時節，繼「陵隰繁綠杞，墟囿粲紅桃」的鮮麗榮景後的又一特寫。此詩作於元嘉五年（公元四二八年）春，康樂辭去朝廷秘書監、侍中，以其不受重用，多稱疾不朝，上賜假東歸，此詩寫於東歸途中，對比於朝廷的不平靜，沿途的花木繁盛，動植豐茂，皆使人感受著和煦美好。下接「隱軫邑里密，緬邈江海遼。滿目皆古事，心賞貴所高」，村落裡富饒稠密，江海遼闊而遙廣，心也可以推廓至古代，一時高尚而超越。山水詩能開創文學新面貌，其所開展的文人心靈新境界，大概就是眼前景的特有功效。

又如：

> 猨鳴誠知曙，谷幽光未顯。(〈從斤竹澗越嶺溪行〉)

猿猴發出啼叫，的確知道是天亮了；山谷幽深，天光尚未顯明。一視一聽中，山裡的昏幽渲染濃稠，以興起「事味竟難辨」的情意。此聯為起首，下接「巖下雲方合，花上露猶泫」的清景，凸顯所處空間的遠離塵俗。詩人從斤竹澗出發，一路「逶迤傍隈隩，苕遞陟陘峴」，翻山越嶺，沿溪而行，「企石挹飛泉，攀林摘葉卷」將幽靜轉入詩人心境，而有主體的身體自主，詩人得以自覺而「悟」理。人心轉換之快速，山水詩人捕捉剎那感受，康樂為最。

（八）動靜對立

宇宙萬物不外動與靜，雖非動、靜截然分明，然詩人捕捉動、靜畫面，以為萬物生生之展演，或為吸引，或為寄託，或為理想。如：

　　亂流趨正絕，孤嶼媚中川。（〈登江中孤嶼〉）

江流湍急，船行如橫絕其流而直渡，忽見美麗孤島聳立江中。將流急
動，孤嶼靜立，動靜相對，船行之費力為追求江嶼之媚美，詩人周旋山
水，不畏其難，終得大自然給與償報。此聯上承「懷雜〔新〕道轉迴，
尋異景不延」，懷想新奇之境，道路越走越遠；尋找奇異風景，時間越
來越少，心裡之急正是費力向前之因，孤嶼媚現即是「新」、「異」之
償。下接「雲日相輝映，空水共澄鮮」，雲霞、日影相互輝映，天空、
江水一片澄朗鮮明，為江中孤嶼呈「媚」鋪寫空水背景。天朗水清，孤
嶼顯現靈氣，詩人心靈隨之有無限想像，六朝遊仙伴隨山水，有時也帶
給詩人養生依憑。

　　又如：

　　石室冠林陬，飛泉發山椒。（〈石室山〉）

石室山窦出於整個山林，飛濺的泉水從山頂奔湧而下。先寫高聳，窖出
石室山的形貌，再從最高點迅捷直下，形成動靜兼有的靈動畫面，不論
動、靜，皆在強調其高出山林。此聯上承「清旦索幽異，放舟越坰郊。
莓莓蘭渚急，藐藐苔嶺高」的訪幽尋異動機，以沿途急流、苔癬鋪敘其
高，烘托石室山的幽異。下接「虛泛徑千載，崢嶸非一朝。鄉村絕聞
見，樵蘇限風霄」，石室山遠在偏僻鄉間，難以登嶺，長久不為人知，
有許多遊仙想像，因此以「靈域」稱之。詩人經歷步步苔癬，終於來到
石室山，其高聳，不僅滿足「索幽異」的動機，亦將心靈超越一般人所
見所感，「合歡不容言，摘芳弄寒條」意象化此份超越的滿足。「石室冠
林陬，飛泉發山椒」一動一靜的描寫，正是生命的躍然欣動。

　　再如：

　　川后時安流，天吳靜不發。（〈遊赤石進帆海〉）

河水時時安靜流動，水面風靜浪平。一寫動，一寫靜；動時安，靜時
平，詩人心境隨之平靜無波，王船山謂之「幽情自適」（參見第五章）。
此聯上承「周覽倦瀛壖，況乃陵窮髮」，顧氏以為，「周覽」二句「實際
上是在說明自己遊興仍濃，還要渡越帆海」，從首二句「首夏猶清和，

芳草亦未歇」的背景鋪陳來看，應是。因此，以景襯情，下文更顯開闊、超越：「揚帆采石華，挂席拾海月。溟漲無端倪，虛舟有超越。」揚帆出航，採拾貝類，以敘事寫景，事中有感受，情在其中。「溟漲」、「無端倪」的無邊無際，「虛舟」、「超越」的輕快超俗，「理」在其中，回應「川后時安流，天吳靜不發」的平靜。

　　再如：

　　　嫋嫋秋風過，萋萋春草繁。（〈石門新營所住四面高山，迴溪石瀨，修竹茂林〉）

樹木搖動，像是秋風吹過；草木在此春季繁茂生長。一動一靜，皆源於《楚辭》，前句語出《楚辭‧九歌‧湘夫人》，後句語出《楚辭‧淮南小山‧招隱士》。此聯上承「躋險築幽居，披雲臥石門。苔滑誰能步，葛弱豈可捫」的高聳難登，又刻劃一宜於幽居形貌，用〈湘夫人〉、〈招隱士〉典故，心情微近，高尚、隱逸，帶點憂思。下接「美人遊不還，佳期何由敦」，明示憂思之故，亦用屈原典故，心情可知。詩人最終悟理，得有高尚靈魂。

（九）其他：有無、冷熱、高平、來往對立

　　有無對立如：

　　　溟漲無端倪，虛舟有超越。（〈遊赤石進帆海〉）

帆海就像古書所記的溟海、漲海，廣闊無邊際；輕舟自在航行，跨越廣闊海面。寫帆海的空間感，引領詩人船行輕快，一種超越意油然升起。此心情上承「揚帆采石華，挂席拾海月」的自在，下接「仲連輕齊組，子牟眷魏闕。矜名道不足，適己物可忽」，關鍵在「適己」，外物在此心情中消解其影響力。詩人心意輕快，不為廣闊海域震懾，原來是與古人的輕快心靈連結的，人是歷史的存在，由此得證。歷史，是責任的連結，亦是脫卸的取法，魯仲連是其一，其輕齊組樹立輕快典型，其義不帝秦的事功，又是祖德同類。詩人滿懷古事，卻也是進退兩難原因之一。

　　冷熱對立如：

南州實炎德，桂樹凌寒山。(〈入華子岡是麻源第三谷〉)

位於南方的臨川，其實還是溫暖的；即使冬天，桂樹仍然生長茂盛。以「炎」、「寒」相對，表現所處即使冬天，亦感溫暖。此聯起首，臨川雖遠離京城，卻具「炎德」，以炎比德，應有人事上的感觸；再言「凌寒」，心境上已超越事功上的不順遂與人情的冷暖。下接「既枉隱淪客，亦棲肥遯賢」，「隱」的是身，許己以「賢」，即使仙人不逢、碑版不傳，此刻「乘月弄潺湲」的獨立天地，俄頃即永恆，古今之思，權且置於一旁。文字上「炎」、「寒」相對，意境上卻凌越寒冷，只取暖意。

高平對立如：

險逕無測度，天路非術阡。(〈入華子岡是麻源第三谷〉)

驚險的羊腸小徑，無法事先測度；向上攀升的山路，也非城中大道所可比擬。前者往前延伸，後者向上攀升，一平遠，一高遠，兩條延伸線條形成立體生動畫面，這是詩人以山水畫眼光所鋪寫的景致，六朝山水詩受山水畫經營角度所影響，由此可知。

又如：

長林羅戶穴，積石擁基階。連巖覺路塞，密竹使徑迷。(〈登石門最高頂〉)

長長的林木羅列在門洞裡，纍纍的石子堆疊著基礎臺階；沿途堆疊的岩石，像要阻斷了道路，密布的竹林幾乎要使人迷惑，找不著方向。竹林密布，平遠推去，岩石堆疊，向上積累，一平一高，使景物畫面立體、有變化，形成向兩方向推展的動勢。「居常」、「處順」為動變中的權衡。

此外，尚有：「積峽忽復啟，平塗俄已閉」(〈登廬山絕頂望諸嶠〉)。

來往對立如：

來人忘新術，去子惑故蹊。(〈登石門最高頂〉)

前來的人找不到新的山徑，前去的人疑惑舊有的道路。在一來一往、一新一舊中，山路之險迷立現，以敘事寫景。此聯上承「連巖覺路塞，密竹使徑迷」，是要呈現下文「沈冥豈別理，守道自不攜」的感悟環境，

「絕壁」、「疏峰」的高亢、險絕，如登青雲梯一般，其「沈冥」自不在話下，沉默安靜，正宜於守道。下接「活活夕流駛，噭噭夜猿啼」，水自細流，猿自夜啼，宇宙萬物各自守位，安靜承受生命的種種，「心契九秋幹，目翫三春荑」，心意堅貞如九月秋天的松幹，眼前賞玩三月春天初生的葉芽，「活活」源泉翻滾心中。

四、「極變善止」的善於取勢

宇宙原是二元相對立所形成，行文在兩端間，其容攝極廣。《易‧繫辭上傳》云：「天尊地卑，乾坤定矣。卑高以陳，貴賤位矣。動靜有常，剛柔斷矣。」〔註91〕有相對的兩端，才有明確的角色定位，也才有清晰的分類界線。詩人在其間回環往復、極變而止，展現十足的動態與張力。顏崑陽教授從中國人深層意識中的宇宙觀及思維模式，建立詮釋「詩美典」變遷與結構的基本觀念，此觀念隱涵在《周易》，即是：

1. 二極旋折，變易往復，終極有常。

2. 二元對立，相生互成，整體和諧。〔註92〕

顏教授以為，這種變易歷程與結構關係的原理，最典型的具現便是律詩，其：

> 每一聯的上下句平仄必呈相反性的「二元對立」，中間兩聯上下句對偶的涵意也要求最好能如此，不可犯「合掌」即重複之病。然其聲調或涵意的「整體和諧」之美與「往復循環」的變化規律，卻都由這一「二元對立」模式「相生互成」而實現。這可以是一個民族集體深層意識的發用。〔註93〕

「二元對立」代表著中國人看待宇宙、人生的方式，其經過長期的匯集與積澱而成為深層意識，表現在詩歌的創作上也是如此。這是源於《周易》的宇宙觀與思維模式，晚明學者王船山終生不離《周易》的研究，

〔註91〕〔魏〕王弼、〔東晉〕韓康伯注：《十三經注疏‧周易》，卷七，頁143。
〔註92〕顏崑陽：《反思批判與轉向——中國古典文學研究之路》，頁136。
〔註93〕顏崑陽：《反思批判與轉向——中國古典文學研究之路》，頁139。

於詩歌評論中極力讚賞謝靈運，評其〈燕歌行〉謂：「極變而善止」〔註
94〕，變、止是一組「二元對立」。

〈燕歌行〉原詩如下：

> 孟冬初寒節氣成，悲風入閨霜依庭。秋蟬噪柳燕棲（辭）楹，
> 念君行役怨邊城。君何崎嶇久徂征，豈無膏沐感鸛鳴。對酒
> 不樂淚沾纓，闢窗開幌弄秦箏，調絃促柱多哀聲，遙夜明月
> 鑒帷屏。誰知河漢淺且清，展轉思服悲明星。〔註95〕

「極變而善止」，物、事「變」、「止」，「情」亦隨之。變動的描寫和敘
述，總為「情」止，而「情」又往往止於變動的物、事，亦即「景」，
因此「情」、「景」相入而不分。「景」的變換牽引「情」的孳生，每一
「景」的暫時止息，又是「情」生的依憑，「景」與「景」間由「情」
牽引，直到意言酣飽。「孟冬初寒」「悲風入閨」、「霜依庭」、「秋蟬噪
柳」、「燕棲（辭）楹」，以一連串的「景」催化「念君行役怨邊城」的
「情」，故曰「極變」；「燕棲（辭）楹」乃感於季節而有棲止大動作的
代表，因此情意暫止此處，「念」、「怨」之情湧現，故曰「善止」。遠行
者「崎嶇」而「久」的處境，在家等待者的無心裝扮，思念持續升溫，
「不樂」，乃至「淚沾纓」。「闢窗開幌」試圖轉換空間，豈知又上緊絃
索，「哀聲」激越，終至難眠，「遙夜明月鑒帷屏」，漫漫長夜，唯有明
月照耀帷屏。此部分顯「情」而止於「明月照帷屏」，「情」之升溫逼顯
夜之漫長難眠，故而月明可感，又是另一階段的「極變」而「止」。由
「景」之「變」，止於「情」，再由「情」之「變」而止於「景」，如此
形成回旋往復。「景」與「情」相互依憑，而一切因「景」催逼。由明
月所在的空間——天上，帶引出牛郎、織女不得相見的想像，向誰說
「聽到雞鳴」？憑誰告「明星有爛」？《詩三百》中最平常的溫暖何時
能再有？悲從中來，「展轉思服」，是必然的結果，詩意在此。乃知因何
敏感於周遭景物的變化：「孟冬初寒節氣成，悲風入閨霜依庭。秋蟬噪

〔註94〕〔明〕王夫之：《古詩評選》，錄自《船山全書》，冊十四，頁525。
〔註95〕顧紹柏：《謝靈運集校注》，頁308。

柳燕棲（辭）楹」，此又是一回旋。「極變而善止」正在一連串密接的「景語」，「景語」中有深情，以「賦」而可「比」可「興」，「初寒」不只寫「初寒」，「霜依庭」不只寫「霜依庭」，「秋蟬噪柳」不只寫「秋蟬噪柳」，「燕棲（辭）楹」不只寫「燕棲（辭）楹」，聯想的可以廣達《詩三百》、「牛郎、織女」，乃至「自古以來中國婦女的宿命」，因此認命了，不怨了，自我療癒而達和諧。

　　王船山謂謝詩「一意迴旋往復」〔註96〕、「一命筆即作數往回」（評〈於南山往北山經湖中瞻眺〉，是讚其「極變而善止」的表現，觀其景語的「二元對立」，不論是朝夕、山水、視聽、動靜……的對立，都在兩端極盡擇取以勾勒眼前實境。王船山謂之能「取勢」，《薑齋詩話》對謝靈運詩的總評說：

　　　　唯謝康樂為能取勢，宛轉屈伸以求盡其意；意已盡則止，殆
　　　　無剩語：天矯連蜷，煙雲繚繞，乃真龍，非畫龍也。〔註97〕

能「取勢」為船山閱讀康樂詩的直觀綜合感受。「勢」的意涵為何？《說文解字》段注：

　　　　唐人樹埶字作蓺，六埶字作藝，說見《經典釋文》。然蓺藝字
　　　　皆不見於《說文》，周時六藝字蓋亦作埶，儒者之於禮樂射御
　　　　書數，猶農者之樹埶也；又《說文》無勢字，蓋古用埶為之，
　　　　如〈禮運〉「在埶者去」是也。〔註98〕

〈禮運〉：「禹湯文武成王周公，由此其選也。此六君子者，未有不謹於禮者也，以著其義，以考其信，著有過，刑仁講讓，示民有常。如有不由此者，在埶者去，眾以為殃，是謂小康。」鄭玄注：

　　　　埶，埶位也；去，罪退之也；殃，猶禍惡也。埶，音世，本
　　　　亦作勢。

孔穎達疏：

〔註96〕〔明〕王夫之著、戴鴻森箋注：《薑齋詩話箋注》，頁31。
〔註97〕〔明〕王夫之著、戴鴻森箋注：《薑齋詩話箋注》，頁48～49。
〔註98〕《說文解字注》，頁114。

由，用也，去罪退之；殃，禍惡也。若為君而不用上謹於禮

以下五事者，雖在富貴埶位而眾人必以為禍患，共以罪黜退

之。〔註99〕

《說文》無勢字，古用埶為之，其義為「埶位」，即「勢位」，指擁有富貴的權勢官位，結合權勢之威力與位置；在此位置須「謹於禮以下五事」，否則「共以罪黜退之」而威力頓失。「勢」有威力，然須有所謹守。

「勢」的一般義如下：

（1）勢位。《說文新附考》：「《禮記・禮運》：『在埶者去。』鄭注：『埶，埶位也。』《釋文》：『埶，音世，本亦作勢。』」〔註100〕

（2）力也，凡力之奮發曰勢。《淮南子・脩務訓》：「各有其自然之勢。」注：「勢，力也。」〔註101〕

（3）權威也，權勢也。《荀子・王霸》：「必至為之然後可，則勞苦耗頓莫甚焉，如是，則雖臧獲不肯與天子易埶業。」注：「埶業，權埶事業也。」〔註102〕

（4）情狀也。《三國志・吳書・胡綜傳》云：「臣從河北席卷而南，形勢一連，根牙永固。」〔註103〕

（5）時機也。《史記・項羽本紀》：「然羽非有尺寸，乘勢起隴畝之中，三年遂將五諸侯滅秦。」〔註104〕

（6）趨勢也，傾向也。《史記・淮陰侯傳》：「此所謂驅市人而戰

〔註99〕　〔東漢〕鄭玄注、〔唐〕孔穎達疏：《十三經注疏・禮記》，卷二十一，頁414。

〔註100〕　〔清〕鈕樹玉著：《說文新附考》，收入《百部叢書集成》，臺北：藝文印書館，據明天啟天都閣藏書本影印，1965），卷六，頁14。

〔註101〕　〔漢〕劉安著、何寧集釋：《淮南子集釋（下）・卷十九・脩務訓》，頁1341。

〔註102〕　〔清〕王先謙撰：《荀子集解（上）・王霸》（北京：中華書局，1997.10），卷七，頁213。

〔註103〕　〔晉〕陳壽：《三國志》（臺北：鼎文書局，1978），冊二，卷六十二，頁1416。

〔註104〕　〔日〕瀧川龜太郎：《史記會注考證》，頁159。

之，其勢非置之死地，使人人自為戰，……。」〔註105〕

（7）位也。《三國志・魏書・三少帝紀》：「相國位勢，誠為尊貴。」〔註106〕

（8）羣也，人眾也。《五代史・梁翔傳》：「敵勢已迫。」〔註107〕《說文》中的「勢」（埶）既為「勢位」，擁有富貴的權勢官位，結合權勢之威力與位置，此「位置」使其「威力」驚人，似乎處「靜」卻有「動」的發揮。若以動、靜分析「勢」義，則可歸納如下：

靜態義：威力、權勢、情狀、時機、位、羣眾。

動態義：力之奮發（強烈）、趨勢、傾向（緩而漸顯，終成奮發之力）。

「勢」，處於一種時機、位置，積累而含藏趨勢、傾向，具奮發力量，且不止息。曾守仁對王船山特別稱賞謝詩能「取勢」，認為或與詩人「尋山陟嶺、必造幽峻」的旅程有關，如評〈登池上樓〉：「始終五轉折，融成一片，天與造之，神與運之」，評〈遊南亭〉：「此四語承受相仍，而吹送迎遠，即止為行，向下條理無不因之而起」等，皆「著意指出謝詩中一種無可猜度測知的神妙開展」，並且「隱喻詩人情意流轉之迹」。〔註108〕其中，「景語」的擇取是關鍵，「反者道之動」，「勢」的不止息，以「反」為保證，「二元對立」形成景語取擇的最大跨度，亦顏教授所稱「二極旋折，變易往復」。「宛轉屈伸」的委婉隨順、或伏或展，「夭矯連蜷」的自然蟬連、氣脈貫串，都是這種對立變化的力量與結果。「取勢」是作者的主動出擊，非有格套。宗白華〈中國詩畫中所表現的空間意識〉謂：「《易經》上說：『无往不復，天地際也。』這正是中國人的空間意識！……是陰陽明暗高下起伏所構成的節奏化了的

〔註105〕〔日〕瀧川龜太郎：《史記會注考證》，頁1068。
〔註106〕〔晉〕陳壽：《三國志》，冊一，卷四，「注1」，頁150。
〔註107〕〔北宋〕歐陽修：《五代史記・梁臣傳第九・敬翔傳》（臺北：藝文印書館，據清乾隆武英殿刊本景印），卷二十一，頁100。
〔註108〕曾守仁：《王夫之詩學理論重構——思文／幽明／天人之際的儒門詩教觀》（臺北：國立臺灣大學出版中心，2011.12），頁378。

空間。董其昌說：『遠山一起一伏則有勢，疏林或高或下則有情，此畫之訣也。』」〔註109〕謝詩景語的「二元對立」表現的正是節奏化的動態空間，特別具有力量，也特別的氣韻生動，因此說是能「取勢」。

《文心雕龍‧麗辭》云：

故麗辭之體，凡有四對：言對為易，事對為難，反對為優，

正對為劣。言對者，雙比空辭者也；事對者，並舉人驗者也；

反對者，理殊趣合者也；正對者，事異義同者也。〔註110〕

劉勰以「反對」為優，所舉之例為「鍾儀幽而楚奏，莊舄顯而越吟」的幽、顯對列，「反」為對反意。李曰剛注「反對為優」云：「反者，並列異類，以見一理，語曲而意豐，故曰優」，〔註111〕以二元對立為對仗，涵蓋對立的兩極，自然形成豐厚意涵。

謝詩甚且有一首詩多種「二元對立」的，如：〈於南山往北山經湖中瞻眺〉兼有朝夕、山水，〈石門巖上宿〉兼有朝夕、顏色，〈過始寧墅〉兼有山水、顏色，〈東山望海〉兼有山水、顏色，〈入東道路〉兼有山水、顏色、視聽，〈從斤竹澗越嶺溪行〉兼有山水、天地、視聽，〈登上戍石鼓山詩〉兼有山水、顏色，〈石室山〉兼有山水、動靜，〈登江中孤嶼〉兼有天地、動靜，〈石門新營所住四面高山，迴溪石瀨，修竹茂林〉兼有朝夕、動靜，〈入華子岡是麻源第三谷〉兼有冷熱、高平，〈登石門最高頂〉兼有朝夕、山水、來往、高平……。謝詩景語總在兩極間迴旋轉折、變易往復，將詩人面對自然景物的思緒、情感逐步加深，終而凝聚成全篇之「意」。

有關「景語」的二元對立，另有總寫與分寫的對立，屬於章法部分，已於第四章「謝靈運山水詩主、客交融所成的思理」探討。

〔註109〕宗白華：〈中國詩畫中所表現的空間意識〉，收在《宗白華全集》，第
　　　　二集，頁 423～424。

〔註110〕〔南朝梁〕劉勰著、周振甫注：《文心雕龍注釋》，頁 661。

〔註111〕〔南朝梁〕劉勰著、李曰剛斠詮：《文心雕龍斠詮》卷八，頁 1617。

第三節　謝靈運山水詩二元對立「景語」美感特質

一、何謂「美感」

首先，得先說說什麼是「美感」？

李澤厚以為，「美感」包含三個階段：準備階段、實現階段、成果階段。

（一）準備階段：指審美態度（→審美注意）

（二）實現階段：指審美經驗〔審美知覺（感知、理解、想像、情感）〕，此為廣義「美感」。

（三）成果階段：指審美愉快（審美感受或審美判斷，此為狹義「美感」）→審美能力（審美趣味、審美觀念、審美理解）〔註112〕

不論廣義或狹義，皆著重作者的創作過程。有關狹義「美感」的「審美愉快」，已於上一章「謝靈運山水詩的精神境界」中探討，此處我所謂「美感」特質，是指廣義「美感」的「審美經驗」。

詩人的審美知覺，從感知、理解、想像到情感，其實現關鍵為何？詩人隱含在景語內在的蠢動是什麼？李澤厚認為：

> 由美的本質，即共同的美的根源，始基到各種具體的審美對象，即各種現實事物、自然風景、藝術作品作為審美對象的存在，應該承認，確乎需經由審美態度即人們主觀的審美心理這個中介。〔註113〕

也就是說，美感的實現，其中介必是主體，山水詩中的自然風景必經主體「取用」、化為文字，而成為作品中的審美經驗。高友工亦認為，美感經驗中的「美感」與「快感」最顯著的差異，即是在內心的感應過程中必然經過一個「中介因素」的有無，而這個「中介因素」即是稱為經驗過程與經驗領域的心理狀態與活動。〔註114〕由「景」到「語」的形

〔註112〕李澤厚：《美學四講》，頁77。
〔註113〕李澤厚：《美學四講》，頁79。
〔註114〕高友工：《中國美典與文學研究論集》（臺北：臺大出版中心，2011.8），頁40。

成，必也經歷一個「中介因素」，即是心理狀態與活動。

二、謝靈運山水詩二元對立「景語」的審美心理

　　如第四章所述，顏崑陽教授論及「興」，服膺朱熹所稱「感發其志氣」。認為，從「感發」來說，「西漢、先秦所謂的『感發』是指『讀者』對『作品』的感發。而六朝所謂的『感發』則是『作者』對『宇宙萬物』的感發」，〔註115〕六朝「興」義以「直覺美感經驗」為特質，指作者因「自然景象」而「起情」，並致慨劉勰《文心雕龍·比興篇》以「興」為「起情」，卻未將此觀念置入「比興」觀念史中。其〈詮賦〉篇「觸興致情」、「睹物興情」、「情以物興」，以及〈物色〉篇「四序紛迴，入興貴閑」、「情往似贈，興來如答」，所言之「興」則近之。〔註116〕顏教授認為，六朝「興」義之下，前一刻被自然景象所感動的「經驗」，就是創作一首詩的「原因」，「前一刻被自然景象所感動」，說的是自然景物所引起主體心靈的觸動，這個觸動成為詩人創作的動機。高友工教授以為，「美感」有一種持續性，即是在美感對象消逝後，因著材料是經過心理觸動的，所以仍然能在這「心境」中存在。他說：

> 這個「心境」的內容也是在客觀的材料層次融入主觀的自我
> 層次時得到一種「價值」。「心理現象」自非「價值判斷」，……
> 但二者融合的可能性卻是「美」的一個重要條件。〔註117〕

謝詩將客觀經驗融入主觀自我心靈時，得到的「價值」是什麼？就其精神境界而言，已於第五章專章論述；就其語言形式而言，不外「情」的抒發與「理」的體悟。也就是說，謝靈運對自然景物的「直覺美感經驗」，化為詩中「景語」約有兩種興義，一為直接感悟為理語；一為情語，而情語往往逆轉為理語。景語是情的極至，也是理的對顯。

〔註115〕顏崑陽：〈從「言意位差」論先秦至六朝「興」義的演變〉，收在《詩比興系論》，頁106。

〔註116〕顏崑陽：〈從「言意位差」論先秦至六朝「興」義的演變〉，收在《詩比興系論》，頁111～112。

〔註117〕高友工：《中國美典與文學研究論集》，頁41。

首先，景語直接感悟為理者，如：〈富春渚〉，於「遡流觸驚急，臨圻阻參錯」的山水對立後，體悟《周易》「泝至宜便習，兼山貴止託」之理，進而產生「懷抱既昭曠，外物徒龍蠖」的明朗開闊；〈登永嘉綠嶂山〉，於「澹瀲結寒姿，團欒潤霜質。澗委水屢迷，林迴巖逾密」的山水對立後，詩人體悟《周易》「〈蠱〉上貴不事，〈履〉二美貞吉」之理，進而以幽人自期，升起抱一守道、恬淡無為以恢復本性；〈石室山〉，於「苺苺蘭渚急，藐藐苔嶺高。石室冠林陬，飛泉發山椒」的山水對立後，詩人體悟「虛泛徑千載，崢嶸非一朝」，水之廣大歷經千載，山之高峻亦非一日所成，石室山成為可以韜隱的靈域；〈登江中孤嶼〉，於「雲日相輝映，空水共澄鮮」的天地對立後，想像仙人，升起成仙長壽之養生觀；〈初去郡〉，於「野曠沙岸淨，天高秋月明」的天地對立後，詩人「憩石挹飛泉，攀林搴落英」，體悟「戰勝臞者肥，止監流歸停」之理，隱逸思想一旦戰勝做官，臞瘦也會變胖，用靜止的水當鏡子照面，心也會像流水回到靜止狀態一樣，歸於淡泊；〈石壁精舍還湖中作〉，於「林壑斂暝色，雲霞收夕霏」的天地對立後，詩人體悟「慮澹物自輕，意愜理無違」的攝生之理；〈田南樹園激流植援〉，於「卜室倚北阜，啟扉面南江」的南北、山水對立後，詩人體悟「寡欲」的妙善之道；〈登石門最高頂〉，於「長林羅戶穴，積石擁基階。連巖覺路塞，密竹使徑迷」的高平對立、「來人忘新術，去子惑故蹊」的來往對立所強化的絕壁印象後，詩人體悟沉默守道、居常處順。

另有詩人感物而動情，景語是情的極至，突然心念一轉，逆轉為理語。如：〈鄰里相送方山〉，於「析析就衰林，皎皎明秋月」的天地對立下，原還是「含情易為盈，遇物難可歇」的心情，筆觸一轉，道家「寡欲」思想突現，由溢滿、難歇之情，頓悟得理；〈七里瀨〉，於「石淺水潺湲，日落山照曜」的山水對立、「荒林紛沃若，哀禽相叫嘯」的視聽對立後，從「遭物悼遷斥」突轉「存期得要妙」，頓悟只要心中常存幽隱期望，便是生存要訣，此要訣可上友古人；〈登池上樓〉，於「池塘生春草，園柳變鳴禽」的視聽對立後，詩人聯想的是「詩騷」「祁祁傷豳

歌，萋萋感楚吟」令人傷感、思歸的詩句；結語卻翻出「持操豈獨古，無悶徵在今」的開闊胸襟；〈過白岸亭〉，於「近澗涓密石，遠山映疏木」的遠近・山水對立後，詩人有感此處「空翠難強名，漁釣易為曲」，在聆聽青崖鳥啼引起傷春時，頓悟「未若長疎散，萬事恆抱朴」的道家處世哲學；〈遊赤石進帆海〉，於「川后時安流，天吳靜不發」的動靜對立後，詩人揚帆採貝，於廣闊水域體會自在舟行的輕快，「溟漲無端倪，虛舟有超越」，是情意超越局限至極，最終體悟道與名的不可兼得，「適己」為要；〈入華子岡是麻源第三谷〉，於「南州實炎德，桂樹凌寒山」的冷熱對立、「銅陵映碧澗〔潤〕，石磴瀉紅泉」的顏色對立後，詩人自感枉為隱淪客，不如昇華以「賢」自許棲逸之抉擇，思索仙人既不可知，白世亦不可辯，唯有俄頃間的「乘月弄潺湲」乃是真真切切的生命當下；〈從斤竹澗越嶺溪行〉，於「猿鳴誠知曙，谷幽光未顯」的視聽對立後，詩人從斤竹澗出發，一路翻山越嶺，沿溪而行，藉昏幽林色，興起「事味竟難辨」的情意。然又頓悟「觀此遺物慮，一悟得所遣」而舒展；〈石門新營所住四面高山，迴溪石瀨，修竹茂林〉，於「嫋嫋秋風過，萋萋春草繁」的視聽、動靜對立後，詩人感傷「美人遊不還，佳期何由敦」，又「早聞夕飆急，晚見朝日暾」的晨夕對列後，詩人因山林深密而感悟逍遙。

　　儘管謝靈運山水詩中，以整首章法而言，其理必通過真情實感的觸動，然「景語」初現的當下，思緒未經整理，或生情或得理。「景語」是「情語」、「理語」的依憑，甚而為情、理代言，「景語」中有諸多情、理引申的可能。回到王船山評〈東山望海〉所說：「初日芙蓉」，強調其所寫為眼前實景，故而清新自然。黃節《謝康樂詩註》引陳胤倩語曰：「題是望海，然篇中皆寫目前物色，蓋非寫望海也，寫望海之人情也」，〔註118〕謂此詩所寫乃「目前物色」，所評亦聚焦於景，而「景」實含主體之「情」。宋葉夢得《石林詩話》卷中云：「王荊公居鍾山，秀老數相

〔註118〕黃節：《謝康樂詩註》，頁96。

往來，尤愛重之，每見於詩，所謂『公詩何以解人愁，初日芙蓉映碧流；未怕元劉爭獨步，不妨陶謝與同遊』是也。」〔註119〕王安石詩在俞秀老看來，可說與陶謝同游，「初日芙蓉映碧流」，藉前人評康樂詩之語評王安石詩，未指明何意，然卻說可以解人愁。「初日芙蓉」般的景語，其本然面貌已不再只是客觀事物，而是可以興發讀者志意的媒介，如前所述，其中涵容宇宙與主體心靈的種種。錢穆先生說：

> 人類佔了生命知覺之最高最後的一境，因此在人類的心覺
> 中，己與物，我與非我，內與外，纔有一個最清楚最明晰的
> 界線。但一到人類的心覺中，己與物，我與非我，內與外，
> 卻又開始溝通會合，互相照映，融成一體。〔註120〕

詩歌亦然，自然景物原是與主體心靈有著清楚界線的，卻在主體心靈的運作下融成一體，或者說，自然景物存放著主體心靈，成為主體心靈表出的符號而成意象。意與象的融合，正是心物的合一，就中最重要的是主體心靈，「初日芙蓉」的清新自然，有主體的始為。謝靈運山水詩中景語不是客觀描寫，相反的，是為詩人從宇宙中感觸的情與體悟的理而擇取示現的。

　　然而，示現的終極理想何在呢？

三、「麗」辭心生，和諧社會的追求

　　南朝梁裴子野〈雕蟲論〉曾貶斥謝靈運詩，謂其為「篾綉鞶帨，無取廟堂」、「無被於管弦，非止乎禮義；深心主卉木，遠致極風雲。其興浮，其志弱」的「淫文破典」，乃荀子所稱「亂代之音」，〔註121〕此批評可謂極其嚴厲。詩人投身山水而創作，此與廟堂禮樂之功果真背道或無力？《文心雕龍·麗辭》以「對偶」為「麗」，古人以「麗」概括稱許謝詩辭藻。修辭角度以外，「麗」是否有更深的意涵？

〔註119〕〔清〕何文煥訂：《歷代詩話》（臺北：藝文印書館，1991.9），頁256。
〔註120〕錢穆：《湖上閒思錄》，頁101。
〔註121〕〔清〕嚴可均輯：《全上古三代秦漢三國六朝文·全梁文》，冊四，卷五十三，頁3262。

　　「麗」，華美。《說文》謂：「麗，旅行也。鹿之性，見食急則必旅行。从鹿丽聲。《禮》：麗皮納聘。蓋鹿皮也。」段注：「此麗之本義，其字本作丽，旅行之象也，後乃加鹿耳。《周禮》：『麗馬一圉，八麗一師。』注曰：『麗、耦也。』《禮》之儷皮、《左傳》之伉儷、《說文》之驪駕，皆其義也，兩相附則為麗。《易》曰：『離，麗也。日月麗乎天，百穀艸木麗乎土』，是其義也。麗則有耦可觀，㸚部曰：『麗爾猶靡麗也。』是其義也。兩而介其間亦曰麗，〈離〉卦之一陰麗二陽是也。」又云：「此說从鹿之意也，見食急而猶必旅行者義也。〈小雅〉：『呦呦鹿鳴，食野之苹。』傳曰：『鹿得萍，呦呦然鳴而相呼，懇誠發乎中，以興嘉樂賓客，當有懇誠相招呼以成禮也。』《北史》：『裴安祖聞講〈鹿鳴〉，而兄弟同食。』古文祇作丽，後乃加鹿之意，如是。」〔註122〕季旭昇教授釋「本義」云：「疑為某種大角鹿類動物。」又「釋形」云：「元年師旋『麗』字從『鹿』，上者兩大丹。引伸因有華麗義、儷偶義。」〔註123〕「麗」為長著一對華麗大角的鹿，「旅行」，結侶而行，「旅」，眾也，《左傳・哀公元年》：「夏少康有田一成，有眾一旅。」〔註124〕《周禮・天官》「掌次」云：「凡祭祀張其旅幕。」〔註125〕因此，「麗」之華美意，以兩相附耦的大角為外顯特徵，見有食則急於呼朋引伴、結侶而行的欣喜懇誠，當其作伴所形成的一對對大角，形成華麗、歡樂的群體。隱藏於華麗大角下的是一種發自內心的自然與隆重，凝聚在群體的同甘共享、真誠和諧，這是「鹿之性」，也是「麗」所形成的人文價值與美感。

　　《文心雕龍・麗辭》云：「夫心生文辭，運裁百慮，高下相須，自

〔註122〕《說文解字注》，頁476。
〔註123〕季旭昇：《說文新證》（臺北：藝文印書館，2008.3），下冊，頁101。
〔註124〕〔西晉〕杜預注、〔唐〕孔穎達疏：《十三經注疏・春秋左傳》（臺北：藝文印書館，1978，嘉慶二十年南昌府學重刊宋本景印），卷五十七，頁991。
〔註125〕〔東漢〕鄭玄注、〔唐〕賈公彥疏：《十三經注疏・周禮》（臺北：藝文印書館，1978，嘉慶二十年南昌府學重刊宋本景印），卷六，頁94。

然成對。」〔註126〕麗辭偶句應是真心誠意所生，經過嚴密思慮裁成的自然成對文辭，〈原道〉篇謂：「文之為德也，大矣；與天地並生，何哉？夫玄黃色雜，方圓體分：日月疊璧，以垂麗天之象；山川煥綺，以鋪理地之形。此蓋道之文也。」又云：「心生而言立，言立而文明，自然之道也。」〔註127〕文學之道源於「心」，此創作之「心」若要發揮其大的功效，須是「與天地並生」，玄黃色異，方圓體分，本就相對相稱，天文、地理，莫不如此，文學如此呈現，方為自然之道。因是合乎天地自然，因此「麗」、「綺」，〈情采〉篇論為文真情與辭采，以此為依據，然於「情」、「采」之間，強調「因情以敷采」。〔註128〕謝靈運詩「景語」的處處駢儷，詩句的偶對是外顯特徵，隱藏在「二元對立」偶對景語下的又是怎樣的真實心情？鹿見「食」而急於呼朋分享，詩人見山水景物，也渴盼分享，那是詩人發自內心的自然與隆重、真誠與和諧。詩人的體會又是什麼？

　　詩人出貶永嘉，繞道東山先祖故居，寫下〈過始寧墅〉，於「山行窮登頓，水涉盡洄沿。巖峭嶺稠疊，洲縈渚連綿。白雲抱幽石，綠篠媚清漣」的一連串山水、顏色對立後，詩人決定「葺宇臨迴江，築觀基曾巔」，欣喜發願：「揮手告鄉曲：三載期歸旋」；〈初往新安至桐廬口〉，於「江山共開曠，雲日相照媚」的天地對立觸動下，詩人感應「景夕群物清，對玩咸可喜」的直覺欣愉；〈入東道路〉，於「陵隰繁綠杞，墟囿粲紅桃。鸎鸎羣方雛，纖纖麥垂苗」的顏色、視聽對立後，思及「隱軫邑里密，緬邈江海遼」，從眼前跳接遼遠江海，由「江海」帶引出「滿目皆古事，心賞貴所高」的隱逸高古情懷。山水天地與隱逸古事的結合，成為詩人急於懇誠分享的美好感受。「麗」，行旅中因見美好而呼朋引伴，詩人於山水中因見美好而欲分享，此即是其心理。《宋書·謝靈運傳》所說：「郡有名山水，靈運素所愛好……。所至輒為詩詠，以致

〔註126〕〔南朝梁〕劉勰著、周振甫注：《文心雕龍注釋》，頁661。
〔註127〕〔南朝梁〕劉勰著、周振甫注：《文心雕龍注釋》，頁1。
〔註128〕〔南朝梁〕劉勰著、周振甫注：《文心雕龍注釋》，頁601。

其意焉」，急於分享的背後心理是用以「致其意」，竭盡表達他的心意，在六朝自然思潮下，文人紛紛走向山水，詩人致意的對象與動機無法排除「呼朋引伴」；而「致其意」能形成風氣，是因彼此有共同價值。

見美好而「呼朋引伴」、「懇誠分享」，創造一個美好、和諧的整體，「麗」應該有這樣的氣度和理想。

牟宗三論中國哲學的特質，是一個正面的道德意識，是一種責任感，〔註129〕在憂患中，仍具集體意識，走在眾人之路上。表現在古典文學呢？蔡英俊教授說：

> 古典論述傳統所以不斷會在審美課題上有所質疑，一方面固然是與文學傳統中的抒情導向有關，但更具根源性的因素，則在於古典論述場域中對於「情性」此一議題的關切，以及由是而來的對於德性／倫理的優先性的堅持。然而，在這種對於德性優先的堅持中，詩學上的某些議題……就不祗是做為一種純粹理論的論述，更顯現為一種真實生活的實踐……。〔註130〕

「對於德性／倫理的優先性的堅持」，顯現為「一種真實生活的實踐」，其攸關「情性」議題。李澤厚於「建立新感性」一節，論述建立心理本體，尤其情感本體說：「人從動物界脫身出來，形成了人性心理。這人性心理是通過社會群體的各種物質的和精神的活動而實現的。」〔註131〕也就是說，「美感的本質」就是「人性化」的過程，「美感」的本質，是通過整個社會實踐歷史來達到的。王力堅認為，「唯美」是魏晉乃至整個六朝頗為顯著而重要的文學現象，從曹植的「詩賦欲麗」（《典論‧論文》），到陸機的「詩緣情而綺靡」（〈文賦〉），到西晉詩歌的「各競新麗」（劉勰《文心雕龍‧總術》），唯美詩風愈刮愈烈。然其與西方「為藝術

〔註129〕牟宗三：《中國哲學的特質》（臺北：臺灣學生書局，1980.1），頁15。

〔註130〕蔡英俊：《中國古典詩論中「語言」與「意義」的論題──「意在言外」的用言方式與「含蓄」的美典》，頁319～320。

〔註131〕李澤厚：《美學四講》，頁84。

而藝術」的捍衛運動並不相同，仍要植基於現實生活，它們摻雜著人生的苦楚、迷茫，但既有自然清新的山水景色，亦有雅致旖旎園林風光。〔註132〕劉勰說：「文變染乎世情，興廢繫乎時序」，六朝「世情」、「時序」離不開自然山水，「自然思潮」將藝術的美與生活、自然結合，充分展現時代性，從第二章的「實存環境」可以得知。對六朝詩人，對謝靈運而言，山水詩的創作是一種「真實生活的實踐」，在整個華夏民族的「社會實踐歷史」脈絡中。〈情采〉篇謂：「衣錦褧衣，惡文太章，賁象窮白，貴乎反本。」〔註133〕文采須返回真情性，那是真真實實地在生活的實踐中所表達的質樸人性。儒學衰微，玄學興起，「禮失求諸野」，禮壞樂崩，封建沒落，朝廷教化施行不力，山水詩歌以慢緩悠引、合於天道的情、理，悄悄彌縫人性。而人性顯發在與人的對待上，蔡英俊教授引用劉人鵬與丁乃非在〈罔兩問景：含蓄美學與酷兒政治〉的論述，認為：

> 含蓄詩學所隱藏的一種自律或守己的德性與規範，長久以來
> 成為維繫既定秩序的機制，並不衹是顯現為個人內蘊的對待
> 自己的問題，更是與人際關係、政治社會要求等有關的對待
> 別人該如何表現的問題。〔註134〕

因此，他總結古典詩學中語言的審美議題說：

> 在古典文化場景中，當所有的知識活動與生活實踐都被統攝
> 到某種特定的政治倫常架構時，含蓄的觀念或詩學就可能不
> 衹是情感意念本身如何表現的問題、或者藝術表達工具是否
> 適切的問題，更是一種存在與生活的德性與規範的問
> 題，……而且反映出一種集體潛在的行為模式。審美的議題
> 即此而成為一種生活的實踐。〔註135〕

〔註132〕王力堅：《魏晉詩歌的審美觀照》，頁 2～4。
〔註133〕〔南朝梁〕劉勰著、周振甫注：《文心雕龍注釋》，頁 600。
〔註134〕蔡英俊：《中國古典詩論中「語言」與「意義」的論題——「意在言外」的用言方式與「含蓄」的美典》，頁 320。
〔註135〕蔡英俊：《中國古典詩論中「語言」與「意義」的論題——「意在言外」的用言方式與「含蓄」的美典》，頁 321。

詩人於山水詩中種種體會與悟得，一如大角鹿見「食」而急於呼朋引伴，這是積極的人群關懷，種族的生命延續，山水詩的創作，充分展現其社會性，就在文辭、音律中透顯。王船山評謝靈運〈遊南亭〉詩云：「翕如、純如、皦如、繹如，於斯備」，〔註136〕一方面說其詩分合俱妙、氣脈貫串；另一方面即是稱許其社會和諧之達成。蔣勳論述漢字書法之美，提到書聖王羲之為窮苦老婆婆題字賣扇的民間故事說：「民間故事未必真實，但是常常發人深省。書聖的字到了可以為不識字的老太婆賺一點過日子的錢，才有『聖』的真正意義。」〔註137〕「聖」是儒家積極入世的境界，是對社會、人群的關懷，文字的華麗，其初始便有這樣關懷，儒家思想在山水詩中悄悄薰習，這是中國古典美學的涵養與理想。

　　再借用日僧空海所說：「謝永嘉之璀璨，……競宣五色，爭動八音，或工於體物，或善於情理，……『風』『雅』之攸在。」〔註138〕謝詩璀璨景語，肯定是「風」「雅」之所在，山水詩景語不刻意如漢儒比德，其景語自有儒家德性的關懷，這是六朝詩人直接以感官聞見經歷的聲色形象，來構現一個真實活潑的山水，在交接、對比、映照的關係連結中，潑灑出生機意趣，與文士心靈連綰密合。〔註139〕陳望衡談到「美學是未來的倫理學」，引用席勒觀點，然後說：「席勒的偉大貢獻，我認為不在美育，而在對未來社會倫理與審美相統一的天才預見」，〔註140〕認為最美的人必然是最能自由地顯示、全面地實現自己的本質力量的人，其最終是向自身、向社會復歸。此時超越道德的層次而進入了更高的審美層次，感性自然地貼合理性，情感自然地順應理智，在一種審美

〔註136〕〔明〕王夫之：《古詩評選》，錄自《船山全書》，冊十四，頁733。

〔註137〕蔣勳：《漢字書法之美》（臺北：遠流出版事業公司，2009.9），頁276。

〔註138〕〔唐〕〔日本〕遍照金剛撰、盧盛江校考：《文鏡秘府論彙校彙考·南·集論》，頁1570～1582。

〔註139〕施筱雲：《六朝山水詩畫美學研究》，收在《古典詩歌研究彙刊》（臺北：花木蘭出版社，2009.9）第六輯，頁381。

〔註140〕陳望衡：《心靈的衝突與和諧──倫理與審美》（武漢：湖北教育出版社，1992.9），頁324。

的愉快之中為社會、為人類，也為自己創造幸福。

　　如白居易所說：「康樂之奧博，多溺於山水」，山水景語的清新是「耳目所及」、「心亦隨之」的「現量」把捉，「溺」的深情表現在「二極旋折，變易往復」的善於「取勢」，產出如「初發芙蓉」的自然語言。於讀者，其「直覺美感經驗」，透過「所至輒為詩詠，以致其意焉」，就像第一隻發現食物而急於與同類分享的大角鹿一樣，詩人發現山水，創作一雙雙的對立語句，形成美麗的整體，要投向命運、情境相同的同類，身心安頓、群體和諧、種族延續是他的終極關懷。如曾守仁解析王船山「自有五言，未有康樂；既有康樂，更無五言」說，認為在情景交融視域的觀照下，船山重新抉發康樂景語內涵之情意邏輯，且風景山水亦有新的意蘊，那是詩人參贊天地，酌大化於一蠡，在語言文字中獲取兩間大化的生生之意。〔註141〕船山云：「凡莊生之說，皆可因以通君子之道」，〔註142〕《莊子》作為最大「前」經驗的謝靈運山水詩，「景語」即「情語」，體現儒、道難以切分的華夏美學。而此「生生之意」沾溉當世、後世無數不遇的士子心靈，這是禮壞樂崩、政教無力下的另一股儒緩之功。胡曉明探究中國山水詩的心靈境界說：「從大自然汲取生機，是中國山水詩人的一項重大發現，也是中國古代生命哲學的一項重大創獲。」〔註143〕謝靈運以其山水詩奠定中國文學史地位，其山水書寫的境界，於生命哲學應有其滲透力。

〔註141〕曾守仁：〈「感傷詩人」的詩學追索——解析船山「自有五言，未有康樂；既有康樂，更無五言」說〉，載於《政大中文學報》，第十四期，2010.12。

〔註142〕〔明〕王夫之：《莊子通・敘》，錄自《船山全書》，冊十三，頁493。

〔註143〕胡曉明《萬川之月——中國山水詩的心靈境界》（北京：三聯書店，1992.6），頁33。

第七章　結　論

　　綜合以上各章論述，可得以下結論：

　　一、就謝靈運的「實存情境」而言，不論在朝為官、封邑為公侯，或出貶離京，或隱居始寧，自然場域都是詩人心中的嚮往，以其為「清曠之域」。因此即使身在魏闕，亦藉書信、應詔表露心聲；身處江湖，則更是沉浸山水之遊，行旅、登覽，尋幽、訪異，其行動之強，益見對此「清曠之域」的嚮往，幽棲隱逸之想亦成為生命困境的立即救贖。「自然」與生活緊密結合，產生種種如漣漪般的效應，是自然思潮下，魏晉文人聯繫生命的典型。

　　二、謝靈運走入山水，其飽讀群書的心理層，化作詩中典故。仔細爬梳後，以《莊子》哲思為第一，《楚辭》為第二，尤以屈原之憂思為多，一情一理，形成詩人面對山水的感悟視角，因此稱其為「前」經驗。在此「前」經驗的心理層下，詩人以山水連結《楚辭》，則憂國思君，哀事功未成，嘆故鄉路遙，愁緒滿懷。有時愉樂忘憂而出走，卻只落得「騁望誰云愜」的更加陷落。所幸，往往在感傷至極時，《莊子》哲思立現，頓悟成理。學者因此歸納其結構為：「敘事→寫景→抒情→說理」。《莊子》儼然詩人走入自然場域，登山臨水時的形上哲學。

　　三、「敘事→寫景→抒情→說理」雖歸納了謝靈運山水詩的結構，然其詩是眼前心目相即的「現量」，表現「當下活生生在場的原發精神」，

作為文學史上山水詩歌創體典型，其「真情流露」是感物而動的直覺表現，是詩歌最重要的元素，樸質天性呈顯。由「玄理」到「思理」，宇宙自然所帶給的開通美好，必得經過鼻息相通外界而真情感動的這一過程，山水詩因此可以「興」。山水詩與玄言詩的分野，除了客觀自然景物描寫的比重不同外，還有感物的真情，「詩騷」情懷的展現。「遊觀」是一長串時間的歷程，山水詩忠實紀錄從出發到「意」的形成過程，亦即與自然景物「興會」的過程，因此沈約稱其「興會標舉」。「興會」，「情興所會」，「情」可能經由與景的交會，轉而為濃；然往往轉化為理，形成精神境界，皆是一連串「遊」與「觀」的感官施用，所形成的真切創作心靈歷程。此不同於唐代「興會」模態是詩人事後擇取一時情景相會的片刻，亦即提舉「境象」，所重在「興會」結果的呈現。謝靈運山水詩做為「遊觀」模態的典型代表，其過程的「遊觀」展現，沾溉唐人詩歌，「境象」擷取，是山水詩後「思理」的濃縮。

　　四、莊子作為走入山水的形上，其深層涵義是將主體帶向「適」的精神境界，解消現實的種種，超越時空的有限而達無限。詩人懸念祖德清塵，卻由於現實的不如人意，加上性情屬「非靜退者」，行、藏不定，仕、隱反覆。對於自然山水的尋幽訪異，每一次都是全身心的投入，「乘月弄潺湲」的俄頃間，詩人精神自由，暢適逍遙。遊賞山水所以成為漢末以來士人樂此不疲，其原因在此，因此形成自然思潮，這也是不得不的「自己如此」。「自然」作為精神境界，是主體與外在世界鼻息相通後的適然表現，是儒、道融合的華夏美學觀。

　　五、「景語」是山水詩界定的關鍵，也是詩人感悟的憑藉。「二元對立」的景物捕捉，既合自然之道，亦兼樸質與華麗，詩中景語琳瑯滿目，深具美感，「麗」是學者共同的肯定。從「麗」的造字本義，可以發掘潛藏在謝靈運山水詩文字背後的社會和諧關懷。自然能形成思潮，不只是個體情意的紓解、精神的自由，更重要的是，在名教與自然的衝突中，山水詩的書寫悄悄地進行了天地的彌縫，不遇的士階層有所歸屬，獲得安頓，且得呼朋引伴。

　　謝靈運的急躁不定、仕隱反覆，終至臨川棄市，無法承繼祖德，魯連也終究只能私心仰慕，成為理想中的掛念。然藉著一次次的山水登臨，詩人將當下最真誠的生命感動獻給當代，也影響了後世。或許揚陶抑謝，除了少數時代，始終是存在的事實，但，在其矛盾的生命歷程中，展現對「當下」的豐富把捉，不但開創文學新面貌，直到今天仍有可為世人取資自勵者。

　　謝靈運所處的時代複雜，種種的失衡造就詩人放眼宇宙，找到心理的平衡點。未能照應的面向是本論文的限制，尚待學者挖掘、指教。

參考文獻

一、古代典籍（依經、史、子、集，再依朝代編序）

1. 〔西漢〕毛亨傳、〔漢〕鄭玄箋、〔唐〕孔穎達正義《詩經注疏》（《十三經注疏》本）（臺北：藝文印書館，嘉慶二十年南昌府學重刊宋本景印）。

2. 〔西漢〕韓嬰：《韓詩外傳》（《百部叢書集成》本）（臺北：藝文印書館，原刻景印，1966）。

3. 〔東漢〕鄭玄注、〔唐〕孔穎達疏《禮記注疏》（《十三經注疏》本）（臺北：藝文印書館，嘉慶二十年南昌府學重刊宋本景印）。

4. 〔東漢〕鄭玄注、〔唐〕賈公彥疏《周禮注疏》（《十三經注疏》本）（臺北：藝文印書館，嘉慶二十年南昌府學重刊宋本景印）。

5. 〔魏〕王弼、〔晉〕韓康伯注，〔唐〕孔穎達疏《周易注疏》（《十三經注疏》本）（臺北：藝文印書館，嘉慶二十年南昌府學重刊宋本景印）。

6. 〔魏〕何晏注、〔宋〕邢昺疏《論語注疏》（《十三經注疏》本）（臺北：藝文印書館，嘉慶二十年南昌府學重刊宋本景印）。

7. 〔西晉〕杜預注、〔唐〕孔穎達疏《春秋左傳注疏》（《十三經注疏》本）（臺北：藝文印書館，嘉慶二十年南昌府學重刊宋本景印）。

8.〔東漢〕許慎著、〔清〕段玉裁注《說文解字注》（臺北：漢京文化事業，1980.3）。

9.〔南宋〕朱熹《詩集傳》（臺北：臺灣中華書局，1982.5）。

10.〔清〕孫希旦《禮記集解》（臺北：文史哲出版社，1980.10）。

11.〔西漢〕司馬遷著、〔日本〕瀧川龜太郎會注《史記會注考證》（臺北：洪氏出版社，1977.10）。

12.〔東漢〕班固《漢書》（臺北：鼎文書局，1979.2）。

13.〔西晉〕陳壽《三國志》（臺北：鼎文書局，1978）。

14.〔南朝宋〕范曄《後漢書》（臺北：鼎文書局，1977.9）。

15.〔南朝齊〕蕭子顯《南齊書》（《二十五史》本）（臺北：藝文印書館，1982，據清乾隆武英殿刊本景印）。

16.〔南朝梁〕沈約《宋書》（《二十五史》本）（臺北：藝文印書館，1956，據清乾隆武英殿刊本景印）。

17.〔唐〕李延壽《南史》（《二十五史》本）（臺北：藝文印書館，1956，據清乾隆武英殿刊本景印）。

18.〔北宋〕歐陽修：《五代史記·梁翔傳》（臺北：藝文印書館）。

19.〔周〕老子著、〔西漢〕河上公注《老子河上公注二卷》（臺北：成文出版社，1983）。

20.〔周〕老子著、黃登山《老子釋義》（臺北：台灣學生書局，1999.9）。

21.〔周〕莊子著、郭慶藩集解《莊子集解》（臺北：華正書局，1979.5）。

22.〔周〕荀子著、〔清〕王先謙《荀子集解》（臺北：中華書局，1997.10）。

23.〔西漢〕劉安著、何寧集釋《淮南子集釋》（《新編諸子集成》，北京：中華書局，1998.10）。

24.〔西漢〕桓寬著、王先謙校《鹽鐵論》（《百部叢書集成》本）（臺北：藝文印書館，1967，據清乾隆武英殿刊本景印）。

25.〔東漢〕高誘注《呂氏春秋》（臺北：藝文印書館，1979.11）。

26.〔隋〕王通《中說》（臺北：藝文印書館，1967，影印文淵閣四庫

全書本）。

27.〔南朝宋〕劉義慶著、余嘉錫箋疏《世說新語箋疏》（上海：上海古籍出版社，1995.5）。

28.〔南朝宋〕謝靈運著、黃節注《謝康樂詩注》（臺北：藝文印書館，1987.10）。

29.〔南朝宋〕謝靈運著、李運富注《謝靈運集》（長沙：岳麓書社，1999）。

30.〔南朝宋〕謝靈運著、顧紹柏注《謝靈運集校注》（臺北：里仁書局，2009.9）。

31.〔南朝宋〕謝靈運著、張兆勇箋釋《謝靈運集箋釋》（北京：中國社會科學出版社，2017.9）。

32.〔南朝梁〕蕭統著《增補六臣註文選》（臺北：華正書局，1979.5）。

33.〔南朝梁〕鍾嶸著、陳延傑注《詩品注》（臺北：臺灣開明書店，1995.4）。

34.〔南朝梁〕劉勰著、劉永濟《文心雕龍校釋》（臺北：華正書局，1981.10）。

35.〔南朝梁〕劉勰著、李曰剛《文心雕龍斠詮》（臺北：國立編譯館中華叢書編審委員會，1982.5）。

36.〔南朝梁〕劉勰著、周振甫《文心雕龍注釋》（臺北：里仁書局，1998.9）。

37.〔南朝梁〕劉勰著、王更生《文心雕龍讀本》（臺北：文史哲出版社，1995.6）。

38.〔南朝梁〕劉勰著、陳拱《文心雕龍本義》（臺北：臺灣商務印書館，1999.9）。

39.〔唐〕李白《李太白全集》，（臺北：華正書局，1979.3）。

40.〔唐〕杜甫著、〔清〕楊倫箋注《杜詩鏡銓》（臺北：華正書局，2003.10）。

41.〔唐〕白居易著、朱金城箋校《白居易集箋校》（上海：上海古籍出版社，1988.12）。

42.〔唐〕皎然《晝上人集》（《四部叢刊正編》（臺北：臺灣商務印書館，1979.11）。

43.〔唐〕皎然著、李壯鷹校注《詩式校注》（濟南：齊魯書社，1987.7）。

44.〔唐〕〔日本〕遍照金剛撰、盧盛江校考《文鏡秘府論彙校彙考》（北京：中華書局，2006.4）。

45.〔北宋〕李昉等奉敕撰《太平御覽》（臺北：臺灣商務印書館，1997）。

46.〔北宋〕蘇軾著、張志烈等校注《蘇軾全集校注》（石家莊：河北人民出版社，1982）。

47.〔北宋〕阮閱編、周本淳校點《詩話總龜》（北京：人民文學出版社，1987）。

48.〔南宋〕敖陶孫《詩評》（《百部叢書集成》，臺北：藝文印書館，據明天啟天都閣藏書本影印，1965）。

49.〔金〕王寂《拙軒集》（臺北：臺灣商務印書館，1978，影印文淵閣四庫全書本）。

50.〔金〕元好問《遺山先生文集》（臺北：臺灣商務印書館，1968.12）。

51.〔元〕方回：《文選顏鮑謝詩評四卷》（宋志英、南江濤選編：《《文選》研究文獻輯刊》，北京：國家圖書館，2013.4）。

52.〔明〕宋濂《宋文憲公全集》（《四部備要》，台北：台灣中華書局，1965）。

53.〔明〕胡應麟《詩藪》（臺北：廣文書局，1973）。

54.〔明〕陸時雍《古詩鏡》（王雲五主編《四庫全書珍本六集》，臺北：臺灣商務印書館，1976）。

55.〔明〕王世貞《讀書後》（王雲五主編《四庫全書珍本六集》，臺北：臺灣商務印書館，1976）。

56.〔明〕謝榛《四溟詩話》（臺北：藝文印書館，1967）。

57. 〔明〕李夢陽《空同集》（《四庫全書薈要》，臺北：世界書局，1988.2，景印摛藻堂本）。

58. 〔明〕陸時雍《唐詩鏡》（臺北：臺灣商務印書館，1983.6，影印文淵閣四庫全書本）。

59. 〔明〕陸時雍《詩鏡總論》（北京：中華書局，2014.4）。

60. 〔明〕鍾惺、譚元春《古詩歸》（《續修四庫全書・集部・總集》，上海：古籍出版社，據明嘉靖刻本影印）。

61. 〔清〕王夫之等撰：《清詩話》（臺北：西南書局，1979.11）。

62. 〔清〕王夫之《船山全書》（長沙：岳麓書社，2011.1）。

63. 〔清〕王夫之著、戴鴻森箋注《薑齋詩話箋注》（上海：上海古籍出版社，2012.3）。

64. 〔清〕清聖祖御製《全唐詩》（臺北：宏業書局，1977）。

65. 〔清〕周濟《介存齋論詞雜著》（《續修四庫全書》，上海：上海古籍出版社，2003.5）。

66. 〔清〕方東樹《昭昧詹言》（臺北：廣文書局，1962.8）。

67. 〔清〕李重華《貞一齋詩話》（《清詩話》，臺北：西南書局，1979.11）。

68. 〔清〕沈德潛《說詩晬語》（《清詩話》，臺北：西南書局，1979.11）。

69. 〔清〕陳祚明《采菽堂古詩選》（《續修四庫全書》，上海：上海古籍出版社，2002）。

70. 〔清〕王國維《人間詞話》（臺北：開明書店，1958.3）。

71. 〔清〕王國維著、徐調孚校注：《人間詞話》（北京：中華書局，2011.12）。

72. 〔清〕鈕樹玉著：《說文新附考》，（《百部叢書集成》，臺北：藝文印書館，據明天啟天都閣藏書本影印，1965）。

73. 〔清〕鈕樹玉《說文新附考》（臺北：藝文印書館，1965）。

74. 〔清〕王念孫《廣雅疏證》，（《四部備要》（臺北：中華書局，聚珍倣宋版印，1965）。

75.〔清〕丁仲祜編纂《全漢三國晉南北朝詩》（臺北：藝文印書館，1983.6）。

76.〔清〕丁仲祜編訂《續歷代詩話》（臺北：藝文印書館，1983.6）。

77.〔清〕何文煥訂《歷代詩話》（臺北：藝文印書館，1991.9）。

78.〔清〕嚴可均輯《全上古三代秦漢三國六朝文》（北京：中華書局，1999.6）。

79.〔清〕吳淇《六朝選詩定論》（宋志英、南江濤選編《《文選》研究文獻輯刊》，北京：國家圖書館出版社，2013）。

二、現代學術論著（依姓名筆劃編序）

1. 丁成泉《中國山水詩史》（臺北：文津出版社，1995.8）。

2. 王力堅《魏晉詩歌的審美觀照》（臺北：文津出版社，2000.1）。

3. 王國瓔《中國山水詩研究》（臺北：聯經出版社，1996.7）。

4. 朱光潛《談美》（臺北：台灣開明書店，1960）。

5. 牟宗三《中國哲學的特質》（臺北：臺灣學生書局，1980.1）。

6. 呂正惠《抒情傳統與政治現實》（臺北：大安出版社，1989.9）。

7. 呂正惠《楚辭：澤畔的悲歌》（臺北：時報文化出版社，2012）。

8. 李直方《漢魏六朝詩論稿》（香港：龍門書店，1967.12）。

9. 李玲珠《魏晉新文化運動——自然思潮》（台北：文津出版社，2004.4）。

10. 李雁《謝靈運研究》（北京：人民文學出版社，2005.9）。

11. 李清筠《時空情境中的自我影像——以阮籍、陸機、陶淵明為例》（臺北：文津出版社，2000.10）。

12. 李澤厚《華夏美學》（《美學三書》，合肥：安徽文藝出版社，1999.1）。

13. 李澤厚、劉綱紀《中國美學史‧魏晉南北朝編》（合肥：安徽文藝出版社，1999.5）。

14. 沈謙《修辭學》(新北市:國立空中大學,2000.7)。

15. 宗白華《宗白華全集》(合肥:安徽教育出版社,1996.9)。

16. 林文月《謝靈運及其詩》(臺北:國立臺灣大學文學院,1966.5)。

17. 林文月《山水與古典》(臺北:三民書局,1996.6)。

18. 林庚《中國文學簡史》(臺北:五南圖書公司,2002.1)。

19. 季旭昇《說文新證》(臺北:藝文印書館,2008.3)。

20. 施又文《謝靈運山水旅遊詩及其開創性研究》(新北市:花木蘭文化出版社,2012.3)。

21. 施筱雲《六朝山水詩畫美學研究》(新北市:花木蘭文化出版社,2009.9)

22. 柯慶明《柯慶明論文學》(臺北:麥田出版社,2016.7)。

23. 胡曉明《萬川之月——中國山水詩的心靈境界》(北京:三聯書店,1992.6)。

24. 容肇祖《魏晉的自然主義》(臺北:臺灣商務印書館,1999.10)。

25. 孫康宜《抒情與描寫》(臺北:允晨文化公司,2001.9)。

26. 徐志銳《周易大傳新注》(臺北:里仁書局,2003.10)。

27. 徐復觀《中國藝術精神》(臺北:台灣學生書局,1998.5)。

28. 袁行霈《中國詩歌藝術研究》(臺北:五南圖書公司,1989.5)。

29. 馬曉坤《趣閑而思遠:文化視野中的陶淵明、謝靈運詩境研究》(杭州:浙江大學出版社,2005.6)。

30. 高友工《中國美典與文學研究論集》(臺北:臺大出版中心,2011.8)。

31. 高莉芬《元嘉詩人用典研究》(新北市:花木蘭文化出版社,2007.9)。

32. 商務印書館編審部:《哲學辭典》(臺北:臺灣商務印書館,1971.5)。

33. 郭有遹《創造心理學》(臺北:正中書局,2001.1)。

34. 陳子展《詩經直解》(上海:復旦大學出版社,1997.10)。

35. 陳恬儀《世變中的魏晉士族與文人心態研究》（臺北：文史哲出版社，2016.4）。

36. 陳秋宏《六朝詩歌中知覺觀感之轉移研究》（臺北：新文豐出版公司，2015.9）。

37. 陳望衡《心靈的衝突與和諧——倫理與審美》（武漢：湖北教育出版社，1992.9）。

38. 陳慶坤《六朝自然山水觀的環境美學》（臺北：文津出版社，2014.9）。

39. 傅隸樸《修辭學》（臺北：正中書局，2000.5）。

40. 曾守仁《王夫之詩學理論重構——思文／幽明／天人之際的儒門詩教觀》（臺北：國立台灣大學出版中心，2011.12）。

41. 曾昭旭《王船山哲學》（臺北：里仁書局，2008.3）勞思光《新編中國哲學史》（臺：三民書局，2001.9）。

42. 黃永武《中國詩學·鑑賞篇》（臺北：巨流圖書公司，1979.4）。

43. 黃永武《詩與美》（臺北：洪範書店，1997.4）。

44. 黃侃《文心雕龍札記》（臺北：文史哲出版社，1973.6）。

45. 黃節《詩學》（臺北：學海出版社，1999.3）。

46. 黃慶萱《修辭學》（臺北：三民書局，2002.10）。

47. 葉太平《中國文學的精神世界》（臺北：正中書局，1994.12）。

48. 葉笑雪《謝靈運詩選》（九龍：漢文出版社，1956）。

49. 葉維廉《中國詩學》（北京：新華書店，1992）。

50. 葉嘉瑩《中國古點詩歌評論集》（臺北：桂冠圖書公司，1991.7）。

51. 蔡英俊《比興、物色與情景交融》（臺北：大安出版社，1995.3）。

52. 蔡英俊《中國古典詩論中「語言」與「意義」的論題——「意在言外」的用言方式與「含蓄」的美典》（臺北：臺灣學生書局，2001.4）。

53. 蔡英俊《游觀、想像與走向山水之路——自然審美感受史的考察》

（臺北：政大出版社，2018.5）。

54. 蔣勳《漢字書法之美》（臺北：遠流出版事業公司，2009.9）。

55. 鄭振鐸《插圖本中國文學史》（北京：中國社會科學出版社，2009.5）。

56. 鄭毓瑜《六朝情境美學》（臺北：里仁書局，1997.12）。

57. 鄭毓瑜《文本風景──自我與空間的相互定義》（臺北：麥田出版社，2005.12）。

58. 鄭毓瑜《引譬連類：文學研究的關鍵詞》（臺北：聯經出版社，2012.9）。

59. 劉大杰《中國文學發展史》（臺北：華正書局，1980.5）。

60. 劉明昌《謝靈運山水詩藝術美探微》（臺北：文津出版社，2007.4）。

61. 劉若愚原著、杜國清中譯《中國詩學》（臺北：幼詩文化事業，1985.6）。

62. 錢穆《湖上閒思錄》（臺北：東大書局，1992.11）。

63. 鍾優民《謝靈運論稿》（濟南：齊魯書社，1985.10）。

64. 蕭振邦《深層自然主義：《莊子》思想的現代詮釋》（新北市：鵝湖出版社，2009.10）。

65. 蕭淑貞《魏晉山水紀遊詩文之研究》（臺北：臺灣學生書局，2009.2）。

66. 蕭馳《玄智與詩興》（臺北：聯經出版社，2011.8）。

67. 蕭馳《佛法與詩境》（臺北：聯經出版社，2012.7）。

68. 蕭馳《聖道與詩心》（臺北：聯經出版社，2012.8）。

69. 顏崑陽《滄海月明珠有淚──李商隱詩賞析》（臺北：偉文圖書公司，1978.9）。

70. 顏崑陽《六朝文學觀念叢論》（臺北：正中書局，1993.2）。

71. 顏崑陽《李商隱詩箋釋方法論》（臺北：里仁書局，2011.9）。

72. 顏崑陽《詮釋的多向視域：中國古典美學與文學批評系論》（臺北：

臺灣學生書局，2016.3）。

73. 顏崑陽《反思批判與轉向──中國古典文學研究之路》（臺北：允晨文化公司，2016.4）。

74. 顏崑陽《詩比興系論》（臺北：聯經出版社，2017.3）。

75. 羅宗強《魏晉南北朝文學思想史》（北京；中華書局，1996.10）。

76.〔日〕小尾郊一著、邵毅平譯《中國文學中所表現的自然與自然觀：以魏晉南北朝文學為中心》（上海：古籍出版社，2014.11）。

77.〔法〕梅洛龐蒂著、龔卓軍譯《眼與心──身體現象學大師梅洛龐蒂的最後書寫》（臺北：典藏藝術家庭，2007）。

78.〔德〕漢斯─格奧爾格·加達默爾原著、洪漢鼎譯《真理與方法》（臺北：時報文化出版公司，1993）。

79.〔日〕廚川白村著、魯迅譯《苦悶的象徵》（臺北：五南圖書公司，2016.1）。

三、學位論文（依時間先後編序）

1. 李光哲《謝靈運詩用典考論》（臺北：臺大中文所碩士論文，1987.6）。

2. 陶玉璞《謝學史論：試論歷史如何安頓謝靈運》（新北市：淡江大學中文所碩士論文，1996.6）。

3. 王芳《清前謝靈運詩歌接受史研究》（上海：復旦大學博士學位論文，2006.5）。

4. 陶玉璞《謝靈運山水詩與其三教安頓思考研究》（新竹：清華大學中文所博士論文，2006.7）。

5. 蘇怡如《中國山水詩表現模式之嬗變：從謝靈運到王維》（臺北：臺灣大學中文研究所博士論文，2008.1）。

6. 陳恬儀《謝靈運仕隱曲折研究》（新北市：輔仁大學中文所博士論文，2008.2）。

7. 方韻慈《謝靈運山水詩分期研究》（臺北：臺灣大學中文所碩士論文，2009）。

8. 嚴繪《試論謝靈運詩歌《楚辭》用典的內容》（桂林：廣西師範大學文學院碩士論文，2009）。

四、期刊論文（依時間先後編序）

1. 王國瓔〈謝靈運山水詩中的《「憂」和「遊」》〉（《漢學研究》第五卷第一期，1987.6）。

2. 楊儒賓〈「山水」是怎麼發現的──「玄化山水」析論〉（《臺大中文學報》第三十期，頁209～254，2009.6）。

3. 曾守仁〈「感傷詩人」的詩學追索──解析船山「自有五言，未有康樂；既有康樂，更無五言」說〉（《政大中文學報》第十四期，2010.12）。

4. 顏崑陽〈文學創作在文體規範下的經緯結構歷程關係〉（《文與哲》第二十二期，高雄：中山大學中文系，2013.6）。

5. 管雄〈說「興會標舉」──論謝靈運山水詩之二〉（苗懷明編《南京大學文學院百年院慶論文選集・上》，頁230～237，2014.8）。

6. 施又文〈六十年來謝靈運研究專書的回顧與討論（1958～2018）〉（《東海大學圖書館館刊》第三十四期，2018.10）。

附　錄

文本分析表 一:「景語」之二元對立

二元對立 類別	景　語	情　意	備　註
時間	秋岸澄夕陰，火旻團朝露。(〈永初三年七月十六日之郡初發都〉)	辛苦誰為情？遊子值頹暮。	
	曉霜楓葉丹，夕曛嵐氣陰。(〈晚出西射堂〉)	節往戚不淺，感來念已深。	
	朝旦發陽崖，景落憩陰峰。(〈於南山往北山經湖中瞻眺〉)	舍舟眺迥渚，停策倚茂松。側逕既窈窕，環洲亦玲瓏。……	
	嫋嫋秋風過，萋萋春草繁。……早聞夕飇急，晚見朝日暾。(〈石門新營所住四面高山，迴溪石瀨，修竹茂林〉)	美人遊不還，佳期何由敦？……崖傾光難留，林深響易奔。感往慮有復，理來情無存。庶持乘日車〔用〕，得以慰營魂。	
	朝搴苑中蘭，畏彼霜下歇。暝還雲際宿，弄此石上月。(〈石門岩上宿〉)	妙物莫為賞，芳醑誰與伐。	
	不怨秋夕長，常苦夏日短。(〈道路憶山中〉)	濯流激浮湍，息陰倚密竿。懷故叵新歡，含悲忘春暖。	

—315—

	晨策尋絕壁，夕息在山樓。……心契九秋幹，目翫三春荑。(〈登石門最高頂〉)	晨策尋絕壁，夕息在山樓。……沈冥豈別理，守道自不攜。……居常以待終，處順故安排。	先總寫「晨策尋絕壁，夕息在山樓」，再細寫山林種種：「疏峰抗高館，對嶺臨迴溪。長林羅戶穴，積石擁基階。連巖覺路塞，密竹使徑迷。來人忘新術，去子惑故蹊。活活夕流馳，嗷嗷夜猿啼」。先情後景。
	晝夜蔽日月，冬夏共霜雪。(〈登廬山絕頂望諸嶠〉)	山行非有期，彌遠不能輟。但欲淹昏旦，遂復經盈缺。	
	靉霂承朝霽，薈蔚候夕浮。(〈往松陽始發至三洲〉)	和鳴尚可樂，況我山澤遊。所憾抱疴念，培克養春道。	
空間——山、水	山行窮登頓，水涉盡洄沿。巖峭嶺稠疊，洲縈渚連綿。白雲抱幽石，綠篠媚清漣。葺宇臨迴江，築觀基曾巔。(〈過始寧墅〉)	揮手告鄉曲：三載期歸旋。	山行窮登頓，水涉盡洄沿。巖峭嶺稠疊，洲縈渚連綿。——總寫白雲抱幽石，綠篠媚清漣——特寫。
	「策馬步蘭皋，緤控息椒丘。採蕙遵大薄，寥若履長洲。白華縞陽林，紫蘋曄春流」(〈東山望海〉)	非徒不弭忘，覽物情彌遒。萱蘇始無慰，寂寞終可求。	「策馬步蘭皋，緤控息椒丘。採蕙遵大薄，寥若履長洲」——總寫，「白華縞陽林，紫蘋曄春流」——特寫。
	溯流觸驚急，臨圻阻參錯。(〈富春渚〉)	泝至宜便習，兼山貴止託。	
	石淺水潺湲，日落山照曜。(〈七里瀨〉)	遺物悼遷斥，存期得要妙。	
	澹瀲結寒姿，團欒潤霜質。澗委水屢迷，林迴巖逾密。(〈登永嘉綠嶂山詩〉)	〈蠱〉上貴不事，〈履〉二美貞吉。幽人常坦步，高尚邈難匹。	

千圻邈不同，萬嶺狀皆異。威摧三山峭，瀄汨兩江駛。(〈遊嶺門山〉)	漁舟豈安流，樵拾謝西岠。人生誰云樂？貴不屈所志。	
採蕙遵大薄，窶茗履長洲。白華縞陽林，紫蘗曄春流。(〈東山望海〉)	非徒不弭忘，覽物情彌遒。	
日末〔沒〕澗增波，雲生嶺逾疊。(〈登上戍石鼓山詩〉)	摘芳芳靡諼，愉樂樂不變。佳期緬無像，聘望誰云愜！	「日末〔沒〕澗增波，雲生嶺逾疊」為總寫，下文「白芷競新苕，綠蘋齊初葉」為特寫。
澤蘭漸被遑，芙蓉始發池。(〈遊南亭〉)	未厭青春好，已睹朱明移。感感感物歎，星星白髮垂。……逝將候秋水，息景偃舊崖。	「密林含餘清，遠峰隱半規」為總寫，「澤蘭漸被遑，芙蓉始發池」為特寫。
萼萼蘭渚急，藐藐苔嶺高。石室冠林陬，飛泉發山椒。虛泛徑千載，崢嶸非一朝。(〈石室山〉)	卿村綱閒見，憔蘇限風霄。微戎無遠覽，總筭羨升喬。靈域久韜隱，如與心賞交。	
近澗涓密石，遠山映疏木。(〈過白岸亭〉)	空翠難強名，漁釣易為曲。	另有空間的遠近對比。
莫辨洪波極，誰知大壑東。……遨遊碧沙渚，遊行丹山峰。(〈行田登海口盤嶼山〉)	年迫願豈申，遊遠心能通。大寶不權□(疑為「輿」)，況乃守畿封。羈苦孰云慰，觀海藉朝風。	先情後景。收結以景象徵。
迎旭凌絕嶝，映泫歸溆浦。(〈過瞿溪山〔飯〕僧〉)		敘事中寫景，寫景中敘事。
溯溪終水涉，登嶺始山行。野曠沙岸淨，天高秋月明。憩石挹飛泉，攀林搴落英。(〈初去郡〉)	戰勝臞者肥，止監流歸停。即是羲唐化，獲我擊壤聲〔情〕。	「野曠沙岸淨，天高秋月明」為「天地」對列。

卜室倚北阜，啟扉而南江。激澗代汲井，插槿當列墉。(〈田南樹園激流植援〉)	寡欲不期勞，即事罕人功。唯開蔣生逕，永懷求羊踪。賞心不可忘，妙善冀能同。	
舍舟眺迴渚，停策倚茂松。側逕既窈窕，環洲亦玲瓏。俛視喬木杪，仰聆大壑灇。石橫水分流，林密蹊絕踪。……初篁苞綠籜，新蒲含紫茸。海鷗戲春岸，天雞弄和風。(〈於南山往北山經湖中瞻眺〉)	解作竟何感，升長皆丰容。……撫化心無厭，覽物眷彌重。不惜去人遠，但恨莫與同。孤遊非情歎，賞廢理誰通？	先總寫「舍舟眺迴渚……林密蹊絕踪」，再特寫「天雞弄和風」。
過澗既厲急，登棧亦陵緬。……企石挹飛泉，攀林摘葉卷。(〈從斤竹澗越嶺溪行〉)	想見山阿人，薜蘿若在眼。握蘭勤徒結，折麻心莫展。情用賞為美，事昧竟難辨？觀此遺物慮，一悟得所遣。	先總寫「猨鳴誠知曙，谷幽光未顯。巖下雲方合，花上露猶泫。逶迤傍隈隩，苕遞陟陘峴。過澗既厲急，登棧亦陵緬。川渚屢逕復，乘流翫迴轉」，再特寫「蘋萍泛沉深，菰蒲冒清淺」。
俯濯石下潭，仰看條上猿。(〈石門新營所住四面高山，迴溪石瀨，修竹茂林〉)	早聞夕飆急，晚見朝日暾。崖傾光難留，林深響易奔。感往慮有復，理來情無存。庶持乘日車〔用〕，得以慰營魂。	
濯流激浮湍，息陰倚密竿。(〈道路憶山中〉)	懷故叵新歡，含悲忘春暖。	
洲島驟迴合，圻岸屢崩奔。(〈入彭蠡湖口〉)	千念集日夜，萬感盈朝昏。……徒作千里曲，絃絕念彌敦。	
絕溜飛庭前，高林映窗裏。(〈石壁立招提精舍〉)	禪室栖空觀，講宇析〔析〕妙理。	

	鳴笳發春渚，稅鑾登山椒。……遠巖映蘭薄，白日麗江皋。(〈從遊京口北固應詔〉)	皇心美陽澤，萬象咸光昭。顧己枉維縶，撫志慚場苗。工拙各所宜，終以反林巢。	「遠巖映蘭薄，白日麗江皋」，總寫；「原隰荑綠柳，墟囿散紅桃」，特寫。
	懷居顧歸雲，指塗泝行飆。屬值清明節，榮華感和韶。陵隰繁綠杞，墟囿粲紅桃。鶯鶯暈方雛，纖纖麥垂苗。隱軫邑里密，緬邈江海遼。(〈入東道路〉)		先總寫「懷居顧歸雲……，榮華感和韶」，再特寫「陵隰繁綠杞……，纖纖麥垂苗」，再總寫「隱軫邑里密，緬邈江海遼」。
	疏峰抗高館，對嶺臨迴溪。……苕苕夕流駛，嗷嗷夜猿啼。(〈登石門最高頂〉)	晨策尋絕壁，夕息在山棲。……沈冥豈別理，守道自不攜。……居常以待終，處順故安排。	
	捫壁處龍仙，攀枝瞰乳穴。(〈登廬山絕頂望諸嶠〉)	山行非有期，彌遠不能輟。但欲淹昏旦，遂復經盈缺。	先情後景。
	弄波不輟手，玩景豈停目。雖未登雲峰，且以歡水宿。(〈初發入南城〉)		敘事中寫景、抒情。
——天地	析析就衰林，皎皎明秋月。(〈鄰里相送方山〉)	含情易為盈，遇物難可歇。	
	江山共開曠，雲日相照媚。(〈初往新安至桐廬口〉)	景夕群物清，對玩咸可喜。	
	亭亭曉月映，泠泠朝露滴。(〈夜發石關亭〉)	鳥歸息舟楫，星闌命行役。……	
	拂鱗故出沒，振鷺更澄鮮。(〈舟向仙巖尋三皇井仙跡〉)	遙嵐疑鷲嶺，近浪異鯨川。……低徊軒轅氏，跨龍何處巔？仙蹤不可即，活活自鳴泉。	「遙嵐疑鷲嶺，近浪異鯨川」有空間的遠近對比。「弭棹向南郭，波波浸遠天。拂鱗故出沒，振鷺更澄鮮」，前為總寫，後為特寫。

	密林含餘清，遠峰隱半規。（〈遊南亭〉）	久痗昏墊苦，旅館眺郊歧。……藥餌情所止，衰疾忽在斯。逝將候秋水，息景偃舊崖。	
	雲日相輝映，空水共澄鮮。（〈登江中孤嶼〉）	表靈物莫賞，蘊真誰為傳？想像崑山姿，緬邈區中緣。始信安期術，得盡養生年。	先特寫「亂流趨正絕，孤嶼媚中川」，再總寫背景「雲日相輝映，空水共澄鮮」。 山水皆有梵音。
	清宵揚浮煙，空林響法鼓。（〈過瞿溪山〔飯〕僧〉）	同遊息心客，曖然若可睹。……望嶺眷靈鷲，延心念淨土。若乘四等觀，永拔三界苦。	
	林壑斂暝色，雲霞收夕霏。芰荷迭映蔚，蒲稗相因依。（〈石壁精舍還湖中作〉）	慮澹物自輕，意愜理無違。寄言攝生客，試用此道推。	先總寫「林壑斂暝色，雲霞收夕霏」，再特寫「芰荷迭映蔚，蒲稗相因依」。
	巖下雲方合，花上露猶泫。（〈從斤竹澗越嶺溪行〉）	過澗既厲急，登棧亦陵緬。	
	月弦光照戶，秋首風入隙。陵風步曾岑，憑雲肆遙脈。（〈七夕詠牛女〉）	徙倚西北庭，竦踊東南覯。紈綺無報章，河漢有駿軛。	
——方位	徙倚西北庭，竦踊東南覯。（〈七夕詠牛女〉）	紈綺無報章，河漢有駿軛。	
	秋泉鳴北澗，哀猿響南巒。（〈登臨海嶠初發彊中作，與從弟惠連，見羊何共和之〉）	戚戚新別心，悽悽久念攢。	
	積石竦兩溪，飛泉倒三山。（〈發歸瀨三瀑布望兩溪〉）	退尋平常時，安知巢穴難。風雨非攸怪，擁志誰與宣？	

顏色	白雲抱幽石，綠篠媚清漣。（〈過始寧墅〉）	揮手告鄉曲：三載期歸旋。	
	白華縞陽林，紫虉曄春流。（〈東山望海〉）	非徒不弭忘，覽物情彌遒。	
	白芷競新苕，綠蘋齊初葉。（〈登上戍石鼓山詩〉）	摘芳芳靡諼，愉樂樂不變。佳期緬無像，騁望誰云慊！	
	殘紅被徑隧〔隧〕，初綠襍淺深。（〈讀書齋〉）	偃仰倦芳褥，顧步憂新陰。謀春不及竟，夏物遽見侵。	
	春晚綠野秀，巖高白雲屯。（〈石門巖上宿〉）	千念集日夜，萬感盈朝昏。……徒作千里曲，絃絕念彌敦。	
	銅陵映碧潤〔澗〕，石磴瀉紅泉。（〈入華子岡是麻源第三谷〉）	既枉隱淪客，亦棲肥遯賢。	
	原隰荑綠柳，墟囿散紅桃。（〈從遊京口北固應詔〉）	皇心美陽澤，萬象咸光昭。顧己枉維縶，撫志慚場苗。工拙各所宜，終以反林巢。	
	陵隰繁綠杞，墟囿粲紅桃。（〈入東道路〉）	滿目皆古事，心賞貴所高。……願言寄吟謠。	
視聽	荒林紛沃若，哀禽相叫嘯。（〈七里瀨〉）	遺物悼遺斥，存期得要妙。	
	池塘生春草，園柳變鳴禽。（〈登池上樓〉）	祁祁傷豳歌，萋萋感楚吟。索居易永久，離群難處心。	
	鷺鷥翬方雛，纖纖麥垂苗。（〈入東道路〉）	滿目皆古事，心賞貴所高。……願言寄吟謠。	
	猨鳴誠知曙，谷幽光未顯。（〈從斤竹澗越嶺溪行〉）	想見山阿人，薜蘿若在眼。……觀此遺物慮，一悟得所遣。	
	乘月聽哀狖，浥露馥芳蓀。（〈入彭蠡湖口〉）	千念集日夜，萬感盈朝昏。……徒作千里曲，絃絕念彌敦。	

	採桑及菀柳，繽紛戲鳴鳩。(〈往松陽始發至三洲〉)	和鳴尚可樂，況我山澤遊。所憾抱疴念，培克養春道。
動靜	石室冠林陬，飛泉發山椒。(〈石室山〉)	虛泛徑千載，崢嶸非一朝。鄉村絕聞見，樵蘇限風霄。……靈域久韜隱，如與心賞交。
	川后時安流，天吳靜不發。(〈遊赤石進帆海〉)	揚帆采石華，挂席拾海月。溟漲無端倪，虛舟有超越，……適己物可忽。
	亂流趨正絕，孤嶼媚中川。(〈登江中孤嶼〉)	表靈物莫賞，蘊真誰為傳？
	嫋嫋秋風過，萋萋春草繁。(〈石門新營所住四面高山，迴溪石瀨，修竹茂林〉)	美人遊不還，佳期何由敦？
	沬江免風濤，涉清弄漪漣。積石竦兩溪，飛泉倒三山。(〈發歸瀨三瀑布望兩溪〉)	退尋平常時，安知巢穴難。風雨非攸恡，擁志誰與宣？
有無	溟漲無端倪，虛舟有超越。(〈遊赤石進帆海〉)	仲連輕齊組，子牟眷魏闕。矜名道不足，適己物可忽。
冷熱	南州實炎德，桂樹凌寒山。(〈入華子岡是麻源第三谷〉)	既枉隱淪客，亦棲肥遯賢。
高平	險逕無測度，天路非術阡。(〈入華子岡是麻源第三谷〉)	遂登群峰首，邈若升雲煙。……且申獨往意，乘月弄潺湲。恒充俄頃用，豈為古今然。
	長林羅戶穴，積石擁基階。連巖覺路塞，密竹使徑迷。(〈登石門最高頂〉)	晨策尋絕壁，夕息在山棲。……沈冥豈別理，守道自不攜。……居常以待終，處順故安排。山

	積峽忽復啟，平塗俄已閉。(〈登廬山絕頂望諸嶠〉)	行非有期，彌遠不能輟。但欲淹昏旦，遂復經盈缺。	先情後景。
來往	來人忘新術，去子惑故蹊。(〈登石門最高頂〉)	晨策尋絕壁，夕息在山棲。……沈冥豈別理，守道自不攜。……居常以待終，處順故安排。	
	故山日已遠，風波豈還時。……越海凌三山，逴湘歷九嶷。(〈初發石首城〉)	苕苕萬里帆，茫茫終何之？……皎皎明發心，不為歲寒欺。	
遠近	近澗涓密石，遠山映疎木。(〈過白岸亭〉)	空翠難強名，漁釣易為曲。……未若長疎散，萬事恆抱朴。	

文本分析表二：山水景物興感之用典

題　目	山水景物	興　感	典故出處
〈永初三年七月十六日之郡初發都〉	述職期闌暑，理棹變金素。秋岸澄夕陰，火旻圍朝露。	辛苦誰為情？遊子值頹暮。愛似莊念昔，久敬曾存故。如何懷土心，持此謝遠度。	「辛苦誰為情」本晉陸機〈赴洛〉詩；「愛似莊念昔」本《莊子·徐无鬼》；「久敬曾存故」本《論語·公冶長》。
〈鄰里相送方山〉	析析就衰林，皎皎明秋月。	含情易為盈，遇物難可歇。積痾謝生慮，寡欲罕所闕。	「寡欲罕所闕」本《老子》十九章
〈過始寧墅〉	剖竹守滄海，枉帆過舊山。山行窮登頓，水涉盡洄沿。巖峭嶺稠疊，洲縈渚連綿。白雲抱幽石，綠篠媚清漣。葺宇臨迴江，築觀基曾巔。	揮手告鄉曲：三載期歸旋，且為樹枌檟，無令孤願言。	「疲薾慚貞堅」本《莊子·齊物論》

〈富春渚〉	宵濟漁浦潭，旦及富春郭。定山緬雲霧，赤亭無淹薄。溯流觸驚急，臨圻阻參錯。亮乏伯昏分，險過呂梁壑。	洊至宜便習，兼山貴止託。平生協幽期，淪躓困微弱。久露干祿請，始果遠遊諾。宿心漸申寫，萬事俱零落。懷抱既昭曠，外物徒龍蠖。	「亮乏伯昏分，險過呂梁壑」本《莊子·達生》；「洊至宜便習，兼山貴止託」本《周易·坎卦》；
〈初往新安至桐廬口〉	絺綌雖淒其，授衣尚未至。感節良已深，懷古徒役思。……既及冷（泠）風善，又即秋水駛。江山共開曠，雲日相照媚。景夕群物……。	對玩咸可喜。	「既及冷（泠）風善，又即秋水駛」本《莊子·逍遙遊》。
〈七里瀨〉	羈心積秋晨，晨積展遊眺。孤客傷逝湍，徒旅苦奔峭。石淺水潺湲，日落山照曜。荒林紛沃若，哀禽相叫嘯。	遭物悼遷斥，存期得要妙。既秉上皇心，豈屑末代誚！目睹嚴子瀨，想屬任公釣。誰謂古今殊，異世可同調。	「存期得要妙」本《老》、《莊》；「想屬任公釣」本《莊子·山木》。
〈晚出西射堂〉	步出西城門，遙望城西岑。連鄣疊巘崿崿，青翠杳深沉。曉霜楓葉丹，夕曛嵐氣陰。	節往戚不淺，感來念已深。羈雌戀舊侶，迷鳥懷故林。含情尚勞愛，如何離賞心。撫鏡華緇鬢，攬帶緩促衿。安排徒空言，幽獨賴鳴琴。	「安排徒空言」本《莊子·養生主》
〈登永嘉綠嶂山詩〉	裹糧杖輕策，懷遲上幽室。行源徑轉遠，距陸情未畢。澹瀲結寒姿，團欒潤霜質。澗委水屢迷，林迴巖逾密。眷西謂初月，顧東疑落日。踐夕奄昏曙，蔽翳皆周悉。	〈蠱〉上貴不事，〈履〉二美貞吉。幽人常坦步，高尚邈難匹。頤阿竟何端，寂寂寄抱一。恬如（知）既已交，繕性自此出。	「〈蠱〉上貴不事，〈履〉二美貞吉」本《周易》；「寂寂寄抱一」本《老子》；「恬如（知）既已交，繕性自此出」本《莊子·繕性》

〈遊嶺門山〉	西京誰修政？糞汲稱良吏。君子豈定所，清塵慮不嗣。早滋建德鄉，民懷虞芮意。海岸常寥寥，空館盈清思。協以上冬月，晨遊肆所喜。千圻邈不同，萬嶺狀皆異。威摧三山峭，瀄汩兩江駛。	漁舟豈安流，樵拾謝西芘。人生誰云樂？貴不屈所志。	「西京誰修政？糞汲稱良吏」本《史記》《漢書》；「早滋建德鄉」本《莊子·山木》；「樵拾謝西芘」本《莊子·人間世》；「民懷虞芮意」本《史記·周紀》
〈登池上樓〉	傾耳聆波瀾，舉目眺嶇嶔。初景革緒風，新陽改故陰。池塘生春草，園柳變鳴禽。	祁祁傷豳歌，萋萋感楚吟。索居易永久，離群難處心。持操豈獨古，無悶徵在今。	「潛虬媚幽姿」、「進德智所拙」本《周易·乾》；「祁祁傷豳歌」本《詩·豳風·七月》；「萋萋感楚吟」本《楚辭·招隱士》。
〈東山望海〉	開春獻初歲，白日出悠悠。蕩志將愉樂，瞰海庶忘憂。策馬步蘭皋，緤控息椒丘。採蕙遵大薄，搴若履長洲。白華縞陽林，紫蘪曄春流。	非徒不弭忘，覽物情彌遒。萱蘇始無慰，寂寞終可求。	「開春獻初歲」本《楚辭·九章·思美人》；「策馬步蘭皋，緤控息椒丘」本《楚辭·離騷》；「採蕙遵大薄，搴若履長洲」本《楚辭·九章·思美人》；「紫蘪曄春流」本《楚辭·離騷》。
〈登上戍石鼓山詩〉	極目睞左闊，迴顧眺右狹。日末〔沒〕澗增波，雲生嶺逾疊。白芷競新苕，綠蘋齊初葉。	旅人心長久，憂憂自相接。故鄉路遙遠，川陸不可涉。汨汨莫與娛，發春托登躡。歡願既無並，戚慮庶有協。……摘芳芳靡諼，愉樂樂不變。佳期緬無像，騁望誰云愜！	「汨汨莫與娛，發春托登躡」、「白芷競新苕，綠蘋齊初葉」本《楚辭·招魂》；「摘芳芳靡諼」本《詩·衛風·伯兮》；「佳期緬無像，騁望誰云愜」本《楚辭·九歌·湘夫人》。
〈過白岸亭〉	近澗涓密石，遠山映疎木。空翠難強	交交止栩黃，呦呦食蘋鹿。傷彼人百	「漁釣易為曲」《老子》、《莊子·天下》；「

	名，漁釣易為曲。援蘿聆青崖，春心自相屬。	哀，嘉爾承筐樂。榮悴迭去來，窮通成休感。未若長疎散，萬事恆抱朴。	春心自相屬」本《楚辭·招魂》；「交交止栩黃」本《詩經·秦風·黃鳥》；「呦呦食苹鹿」本《詩經·小雅·鹿鳴》；「萬事恆抱朴」本《老子》。
〈遊赤石進帆海〉	首夏猶清和，芳草亦未歇。水宿淹晨暮，陰霞屢興沒。周覽倦瀛壖，況乃陵窮髮。川后時安流，天吳靜不發。揚帆采石華，挂席拾海月。溟漲無端倪，虛舟有超越。	仲連輕齊組，子牟眷魏闕。矜名道不足，適己物可忽。請附任公言，終然謝天伐。	「況乃陵窮髮」本《莊子·逍遙遊》；「川后時安流」本曹植〈洛神賦〉、《楚辭·九歌·湘君》；「天吳靜不發」本《山海經》；「揚帆采石華，挂席拾海月」本郭璞〈江賦〉；「子牟眷魏闕」本《莊子·讓王》；「請附任公言，終然謝天伐」本《莊子·山木》。
〈舟向仙巖尋三皇井仙跡〉	弭棹向南郭，波波浸遠天。拂鱗故出沒，振鷺更澄鮮。遙嵐疑鷲嶺，近浪異鯨川。……仙踪不可即，活活自鳴泉。	躡屐梅潭上，冰雪冷心懸。低徊軒轅氏，跨龍何處巔？仙踪不可即，活活自鳴泉。	「近浪異鯨川」本左思〈吳都賦〉；「低徊軒轅氏，跨龍何處巔」本《史記·五帝紀》、《史記·封禪書》；「活活自鳴泉」本《詩·衛風·碩人》。
〈遊南亭〉	時竟夕澄霽，雲歸日西馳。密林含餘清，遠峰隱半規。久痗昏墊苦，旅館眺郊歧。澤蘭漸被逕，芙蓉始發池。未厭青春好，已睹朱明移。	感感感物歎，星星白髮垂。藥餌情所止，衰疾忽在斯。逝將候秋水，息景偃舊崖。我志誰與亮，賞心惟良知。	「澤蘭漸被逕，芙蓉始發池」本《楚辭·招魂》；「星星白髮垂」本左思〈白髮賦〉；「藥餌情所止」本《老子·第三十五章》。
〈登江中孤嶼〉	江南倦歷覽，江北曠周旋。懷雜(新)道轉迥，尋異景不延。亂流趨正絕，孤嶼媚中川。雲日相輝映，空水共澄鮮。	表靈物莫賞，蘊真誰為傳？想像崑山姿，緬邈區中緣。始信安期術，得盡養生年。	「始信安期術」本《史記·封禪書》；「得盡養生年」本《莊子·養生主》。

〈行田登海口盤嶼山〉	莫辨洪波極，誰知大壑東。依稀採菱歌，彷彿含嚬容。邀遊碧沙渚，遊衍丹山峰。	齊景戀遄臺，周穆厭紫宮；牛山空洒涕，瑤池實懽悰。年迫願豈申，遊讀心能通。大寶不權□（疑為「輿」），況乃守纖封。羈苦孰云慰，觀海藉朝風。	「齊景戀遄臺」、「牛山空洒涕」本《左傳·昭公二十年》、《晏子春秋·內篇·諫上》、《史記·齊太公世家》；「周穆厭紫宮」、「瑤池實懽悰」本《穆天子傳》；「大寶不權□」本《易·繫辭·下》；「誰知大壑東」本《莊子·天地篇》；「依稀採菱歌」本《楚辭·招魂》；「彷彿含嚬容」本《莊子·天運》；「遊衍丹山峰」本《詩·大雅·昊天》、阮籍〈詠懷詩〉。
〈過瞿溪山〔飯〕僧〉	迎旭凌絕嶝，映泫歸溆浦。鑽燧斷山木，掩岸墐石戶，……清霄揚浮煙，空林響法鼓。忘懷狎鷗鰷，攝生馴兕虎。	結架非丹甍，藉田資宿莽。同遊息心客，曖然若可睹。……望嶺眷靈鷲，延心念淨土。若乘四等觀，永拔三界苦。	「掩岸墐石戶」本《詩·豳風·七月》；「藉田資宿莽」本《楚辭·離騷》、《十住毗婆沙論》卷五。
〈初去郡〉	理棹遄還期，遵渚鶩修坰。溯溪終水涉，登嶺始山行。野曠沙岸淨，天高秋月明。憩石挹飛泉，攀林搴落英。	彭薛裁知恥，貢公未遺榮。或可優貪競，豈足稱達生。伊余秉微尚，拙訥謝浮名。廬園當棲巖，卑位代躬耕。顧己雖自許，心跡猶未并。無庸妨〔方〕周任，有疾像長卿。畢娶類尚子，薄遊似邴生。恭承古人意，促裝反柴荊。牽絲及元興，解龜在景平。負心二十載，於今廢將迎。……戰勝臞者肥，止監流歸停。即是羲唐化，獲我擊壤聲〔情〕。	「彭薛裁知恥，貢公未遺榮」、「有疾像長卿」、「薄遊似邴生」本《漢書》；「豈足稱達生」本《莊子·達生》；「無庸妨〔方〕周任」本《論語·季氏》；「畢娶類尚子」本《後漢書》；「負心二十載，於今廢將迎」本《莊子·應帝王》；「戰勝臞者肥」本《韓非子·喻老》；「止監流歸停」本《莊子·德充符》；「即是羲唐化，獲我擊壤聲〔情〕」本《論衡》。

〈石壁精舍還湖中作〉	昏旦變氣候，山水含清暉。清暉能娛人，遊子憺忘歸。出谷日尚早，入舟陽已微。林壑斂暝色，雲霞收夕霏。芰荷迭映蔚，蒲稗相因依。披拂趨南逕，愉悅偃東扉。	慮澹物自輕，意愜理無違。寄言攝生客，試用此道推。	「遊子憺忘歸」本《楚辭·九歌·東君》；「寄言攝生客」語本《老子·第五十章》。
〈田南樹園激流植援〉	中園屏氛雜，清曠招遠風。卜室倚北阜，啟扉面南江。激澗代汲井，插槿當列墉。群木既羅戶，眾山亦對牕。靡迤趨下田，迢遞瞰高峰。	樵隱俱在山，由來事不同。不同非一事，養疴亦園中。……寡欲不期勞，即事罕人功。唯開蔣生徑，永懷求羊蹤。賞心不可忘，妙善冀能同。	「清曠招遠風」本《後漢書》；「寡欲不期勞，即事罕人功」本《老子·第十九章》；「唯開蔣生徑，永懷求羊蹤」本《漢書》；「妙善冀能同」本《莊子·寓言》。
〈於南山往北山經湖中瞻眺〉	朝旦發陽崖，景落憩陰峰。舍舟眺迴渚，停策倚茂松。側逕既窈窕，環洲亦玲瓏。俛視喬木杪，仰聆大壑灇。石橫水分流，林密蹊絕蹤。解作竟何感，升長皆丰容。初篁苞綠籜，新蒲含紫茸。海鷗戲春岸，天雞弄和風。	撫化心無厭，覽物眷彌重。不惜去人遠，但恨莫與同。孤遊非情嘆，賞廢理誰通？	「解作竟何感」本《易·解》。
〈從斤竹澗越嶺溪行〉	猨鳴誠知曙，谷幽光未顯。巖下雲方合，花上露猶泫。逶迤傍隈隩，苕遞陟陘峴。過澗既厲急，登棧亦陵緬。川渚屢逕復，乘流翫迴轉。蘋萍泛沉深，菰蒲冒清淺。	情用賞為美，事昧竟難辨？觀此遺物慮，一悟得所遣。	「過澗既厲急」本《詩·邶風·匏有苦葉》；「握蘭勤徒結」本《楚辭·離騷》；「想見山阿人，薛蘿若在眼」，本《楚辭·九歌·山鬼》；「一悟得所遣」本《莊子·齊物論》。

	企石挹飛泉，攀林摘葉卷。想見山阿人，薜蘿若在眼。握蘭勤徒結，折麻心莫展。		
〈七夕詠牛女〉	火逝首秋節，明經弦月夕。月弦光照戶，秋首風入隙。陵風步曾岑，憑雲肆遙脈。徙倚西北庭，竦踴東南覿。	紈綺無報章，河漢有駿軛。	「火逝首秋節」本《詩・豳風・七月》；「紈綺無報章」本《詩・小雅・大東》。
〈石門新營所住四面高山，迴溪石瀨，修竹茂林〉	躋險築幽居，披雲臥石門。苔滑誰能步，葛弱豈可捫。嫋嫋秋風過，萋萋春草繁。……俯濯石下潭，仰看條上猿。早聞夕飆急，晚見朝日暾。崖傾光難留，林深響易奔。	……美人遊不還，佳期何由敦？芳塵凝瑤席，清醑滿金樽。洞庭空波瀾，桂枝徒攀翻。結念屬霄漢，孤景莫與諼。……感往慮有復，理來情無存。庶持乘日車〔用〕，得以慰營魂。匪為眾人說，冀與智者論。	「嫋嫋秋風過」本《楚辭・九歌・湘夫人》；「萋萋春草繁」本《楚辭・淮南小山・招隱士》；「洞庭空波瀾」本《楚辭・九歌・湘夫人》；「桂枝徒攀翻」本《楚辭・九歌・大司命》、《楚辭・淮南小山・招隱士》；「庶持乘日車〔用〕」本《莊子・徐无鬼》；「得以慰營魂」本《老子・第十章》、陸機〈文賦〉。
〈石門岩上宿〉	朝搴苑中蘭，畏彼霜下歇。暝還雲際宿，弄此石上月。鳥鳴識夜棲，木落知風發。	異音同致聽，殊響俱清越。妙物莫為賞，芳醑誰與伐。美人竟不來，陽阿徒晞髮。	「朝搴苑中蘭，畏彼霜下歇」本《楚辭・離騷》；「美人竟不來，陽阿徒晞髮」本《楚辭・九歌・少司命》。
〈道路憶山中〉	……不怨秋夕長，常苦夏日短。濯流激浮湍，息陰倚密竿。……	〈采菱〉調易急，〈江南〉歌不緩。楚人心昔絕，越客腸今斷。斷絕雖殊念，俱為歸慮款。存鄉爾思積，憶山我憤懣。追尋棲息時，偃臥任縱誕。	「〈采菱〉調易急」本《楚辭・招魂》；「得性非外求，自己為誰纂」本《莊子・齊物論》；「惻惻〈廣陵散〉」本《三國志・卷二一・王粲傳》注。

		得性非外求，自己為誰纂？……懷故叵新歡，含悲忘春暖。悽悽〈明月吹〉，惻惻〈廣陵散〉。殷勤訴危柱，慷慨命促管。	
〈入彭蠡湖口〉	洲島驟迴合，圻岸屢崩奔。乘月聽哀狄，浥露馥芳蓀。春晚綠野秀，巖高白雲屯。……攀崖照石鏡，牽葉入松門。	千念集日夜，萬感盈朝昏。……三江事多往，九派理空存。露（靈）物各珍怪，異人祕精魂。金膏滅明光，水碧綴流溫。徒作千里曲，絃絕念彌敦。	「攀崖照石鏡」本晉張僧鑒〈潯陽記〉；「三江事多往，九派理空存」本《書·禹貢》、《漢書·地理志》；「金膏滅明光，水碧綴流溫」本《穆天子傳》、《山海經》；「徒作千里曲，絃絕念彌敦」本蔡邕〈琴操〉。
〈入華子岡是麻源第三谷〉	南州實炎德，桂樹凌寒山。銅陵映碧潤〔澗〕，石磴瀉紅泉。既枉隱淪客，亦棲肥遯賢。險逕無測度，天路非術阡。遂登群峰首，邈若升雲煙。……且申獨往意，乘月弄潺湲。恒充俄頃用，豈為古今然。	……既枉隱淪客，亦棲肥遯賢。……羽人絕髣髴，丹丘徒空筌。圖牒復摩滅，碑版誰聞傳？莫辯百世後，安知千載前。且申獨往意，乘月弄潺湲。恒充俄頃用，豈為古今然。	「南州實炎德」本《楚辭·遠遊》；「亦棲肥遯賢」本《易·遯》；「天路非術阡」本漢仲長統《昌言》；「邈若升雲煙」本曹植〈述仙〉詩：「丹丘徒空筌」、「豈為古今然」本《莊子·外物》
〈石壁立招提精舍〉	絕溜飛庭前，高林映窗裏。	四城有頓躓，三世無極已。浮歡昧眼前，沉照貫終始。……揮霍夢幻頃，飄忽風電起。……禪室棲空觀，講宇折〔析〕妙理。	「四城有頓躓」本《大藏經·卷三》；「三世無極已」本《維摩經·卷八》；「沉照貫終始」本《大藏經·卷四五·僧肇論》；「揮霍夢幻頃，飄忽風電起」《維摩經·卷一》。

〈從遊京口北固應詔〉	鳴笳發春渚，稅鑾登山椒。張組眺倒景，列筵矚歸潮。遠巖映蘭薄，白日麗江皐。原隰荑綠柳，墟圃散紅桃。	玉璽戒誠信，黃屋示崇高。事為名教用，道以神理超。昔聞汾水游，今見塵外鑣。……皇心美陽澤，萬象咸光昭。顧己枉維縶，撫志慚場苗。工拙各所宜，終以反林巢。曾是縈舊想，覽物奏長謠。	「道以神理超」本《易‧觀》；「昔聞汾水游」本《莊子‧逍遙遊》；「今見塵外鑣」本《莊子‧大宗師》；「稅鑾登山椒」本《漢書》；「張組眺倒景」本左思〈吳都賦〉、《漢書》；「白日麗江皐」本《楚辭‧九歌‧湘君》；「原隰荑綠柳」本張衡〈歸田賦〉；「顧己枉維縶，撫志慚場苗」本《詩經‧小雅‧白駒》。
〈入東道路〉	屬值清明節，榮華感和韶。陵隰繁綠杞，墟囿粲紅桃。鸎鸎暈方雊，纖纖麥垂苗。隱軫邑里密，緬邈江海遼。	整駕辭金門，命旅惟詰朝。懷居顧歸雲，指塗泝行飆。……滿目皆古事，心實貴所高。魯連謝千金，延州權去朝。行路既經見，願言寄吟謠。	「隱軫邑里密」本左思〈蜀都賦〉；「魯連謝千金」本《戰國策》；「延州權去朝」本《史記》。
〈登臨海嶠初發彊中作，與從弟惠連，見羊何共和之〉	杪秋尋遠山，山遠行不近。……顧望脰未悁，汀曲舟已隱。隱汀絕望舟，鷖棹逐驚流。……日落當棲薄，繫纜臨江樓。……秋泉鳴北澗，哀猿響南巒。……攢念攻別心，旦發清溪陰。暝投剡中宿，明登天姥岑。高高入雲霓，還期那可尋。……	與子別山阿，含酸赴修軫〔吟〕。中流袂就判，欲去情不忍。……欲抑一生歡，並奔千里遊。……豈惟夕情斂，憶爾共淹留。淹留昔時歡，復增今日歎。茲情已分慮，況迺協悲端。戚戚新別心，悽悽久念攢。……儻遇浮丘公，長絕子徽音。	「況迺協悲端」本宋玉〈九辯〉；「儻遇浮丘公」本《列仙傳》。
〈登石門最高頂〉	晨策尋絕壁，夕息在山棲。疏峰抗高館，對嶺臨迴溪。	沈冥豈別理，守道自不攜。……居常以待終，處順故安	「沈冥豈別理」本《漢書》；「居常以待終」本《列子‧天瑞篇》；「處

	長林羅戶穴，積石擁基階。連巖覺路塞，密竹使徑迷。來人忘新術，去子惑故蹊。活活夕流駛，噭噭夜猿啼。……心契九秋幹，目翫三春荑。	排。惜無同懷客，共登青雲梯。	順故安排」本《莊子·養生主》、《莊子·大宗師》。
〈發歸瀨三瀑布望兩溪〉	我行乘日垂，放舟候月圓。沫江免風濤，涉清弄游漣。積石竦兩溪，飛泉倒三山。亦既窮登陟，荒藹橫目前。窺巖不睹景，披林豈見天。陽鳥尚傾翰，幽篁未為邅。	退尋平常時，安知巢穴難。風雨非攸恡，擁志誰與宣？倘有同枝條，此日即千年。	「放舟候月圓」本《荀子·天道》；「沫江免風濤」本《莊子·達生》；「涉清弄游漣」本《詩·魏風·伐檀》；「陽鳥尚傾翰」本《淮南子·精神》；「幽篁未為邅」本《九歌·山鬼》；「風雨非攸恡，擁志誰與宣？」本《易·大壯》。
〈初發石首城〉	故山日已遠，風波豈還時。苕苕萬里帆，茫茫終何之？遊當羅浮行，息必盧霍期。越海凌三山，遊湘歷九嶷。	白珪尚可磨，斯言易為緇。遂抱《中孚》爻，猶勞「貝錦」詩。寸心若不亮，微命察如絲。日月垂光景，成貸遂兼茲。出宿薄京畿，晨裝摶魯〔曾〕颸。重經平生別，再與朋知辭。……欽聖若旦暮，懷賢亦悽其。皎皎明發心，不為歲寒欺。	「白珪尚可磨，斯言易為緇」本《詩·大雅·抑》；「遂抱《中孚》爻」本《易·中孚》；「猶勞『貝錦』詩」本《詩·小雅·巷伯》；「成貸遂兼茲」本《老子·第四十一章》；「苕苕萬里帆，茫茫終何之」本《莊子·天下》；「皎皎明發心，不為歲寒欺」本《論語·子罕》。
〈往松陽始發至三洲〉	清嘯發城邑，泠風遡中流。熙明仲節分，悅懌陽物柔。採桑及菀柳，繽紛戲鳴鳩。霢霂承朝霽，薈蔚候夕浮。	拉淚悲越王，自崖歎魯侯。昔人帶千乘，鄙夫獲虛舟。……和鳴尚可樂，況我山澤遊。所憾抱痾念，培克養春道。	「拉淚悲越王」本《呂氏春秋》；「自崖歎魯侯」本《莊子·山木》；「泠風遡中流」本《莊子·齊物論》；「採桑及菀柳」本《詩經·小雅·菀柳》；「繽紛戲鳴鳩」本《詩經·周南·關雎》。